メルシー・僕

―ぼくの見た世界―

佐藤くじら

文芸社

まえがき

一人称は、英語ではアイ、宮城的ドイツ語ではイッヒ、青森的フランス語ではシュ、ところが日本語ではさまざまである。私《わたし》、わたくし、僕、俺、俺様、自分、儂《わし》、あたし、あたくし、あたい、わい、あだす、うち、おいら、おら、おいどん、吾輩、某《それがし》、麿《まろ》、小生、あっし、あちき、妾《わらわ》、拙者、手前などなど。その中から「僕」を選んでみる。

今までずっと、僕って何か考えていた。

それがちょうど僕が大学を卒業する二か月前の一九七七年上半期の芥川賞に三田誠広が『僕って何』で受賞した時からだから、かなり長くなってしまった。それに対抗する「僕」はないかと考え続けた。

そんななか、ふと考えるのをやめた時、ラジオの語学番組でフランス人の話す「メルシーボクー」が聞こえてきた。ふっと我に返った。これだ、「メルシー・僕」。

これはノンフィクションではないが、かなりの部分「僕」である。これが僕のアイデンティティであるか記録であるかは、阿部定であるか阿部サダヲであるかぐらい、境が分からない。

野球が筋書のないドラマだとすれば、この「メルシー・僕」も同様である。今までの状態で言うと負けではあるが、試合が終わったわけではないので、なんとも言えない。これから逆転する可能性だってあるのだから。

サスペンスチックに読んで楽しんでいただけたら、この上ない幸せであります。

もくじ

Scene5　人生のローリング　68

Scene 1　僕の出生

出生以前　父母のこと

人は皆個性を持っている。その個性はどこから生まれるのか、個性が遺伝子の積み重ねに因るのであれば、どこまで遡れば見えてくるのか。

僕の個性も一体どこまで遡れば見えてくるのだろう。僕の根源がどこにあるかと言えば、ずっとずっと前のことだから見えてこない。

だが直近に絞って言えば、やはり父母のことになるだろう。ただ話の性質上、父の父、母の母、つまり祖父母が一部登場することをお許し願いたい。

さて僕の父だが、円治といって秋田県大曲出身である。大曲は横手から少し入った所にあり、日本海側の豪雪地帯である。夏は花火でも有名だ。

父は五人兄弟の下から二番目で、男、女、女、そして父、末も男。秋田だけあって二人の姉たちは美人だった。少し美人さが劣る下の姉の名前は「トラ」だったが、後に裁判所で名前を変えたと言っていた。変えた後の名前は分からない。

父は若い頃家出をして、いろいろな職業に就いたのだそうだ。その一つに北海道の炭鉱があったが、父はそこで左足を負傷した。その影響で徴兵検査は「丙種合格」だったという。「甲乙丙」だから、合格とは名ばかりで不合格と扱いは同じだ。ある意味、徴兵を免れた形だ。戦争に行っていたら生きて帰ってこられなかったと思うと、「丙種合格」は僕の生まれる一因であったことに違いない。余談だが、近鉄バファローズで梨田昌孝や吹石徳一らとともに戦った村田辰美は父方の祖父の兄弟の孫である。

性格的に父はかなりのシャイだった。あまりにもひどいので、僕ですら父と面と向かったことは一度きりしかない。

ちなみに父は、母との結婚は二度目だった。一度目の妻はかなりの美人だったが浪費癖が激しく、父の給料では賄えなくて、ほどなく離婚したそうだ。

それから親類のコナミ叔母さんの仲人で、僕の母となる「アヱ子」と一緒になった。

その時父は、地元の岡山木工所にいたと言っていた。いや、ちょっと待って。

「初めは住み込みをしていた」と言っていたから、母と一緒になる前からその木工所にいたんだろう。そこの社長は女五人の後にできた末っ子息子だったから、とても大切に育てられた世間知らずのおぼっちゃまだったそうだ。そこでどれくらいか分からないが、父は住み込みをしていたらしい。

次いで母である。母は八人兄弟の末っ子である。上から男、女、女、女、男、女、男、そして母だ。一番年の近い兄は、戦争が始まる前に亡くなっていた。一番上の兄は頭が良かったという。相談事や役所への提出物などがあると、必ずその兄のところに皆が来ていた。どうやら長兄は農業が嫌いらしかったが、そこは長男の定めで、グッと堪えて農家を継いでいた。だが、そのストレスからだろうか、長兄は飲んだくれた挙句に身上をつぶしたそうだ。

母は尋常小学校六年から二年間、祖母がリヤカーで野菜の行商に行くのについていったという。八キロほど離れた愛宕や三日町、黒沢尻まで行ったそうだ。

末っ子の母は、長兄とは親子ほど年が離れている。祖母が母を産んだのは、当時としては珍しい四十過ぎのことだった。祖母は「子供を産み続けたからこそ四十過ぎても産めた」と得意げに人に言っていたらしい。

よく人から「お孫さんなの？」と聞かれたという。でも時には「へー、お子さんなの？」と意外な顔をされたようだ。

どちらにも「はい」と返事をしたのは相当恥ずかしかったからだろう。いずれにしても、これもまた僕の生まれるもう一つの因だったことは言うまでもない。

昭和二十年の終戦前後、どういう縁があったのか父母は結婚した。母・ナヱ子は二十六歳、父・円治は三十歳だった。

母は結婚してから一度だけ実家に帰ったことがあった。父から逃げたのだ。その時、祖母はこう言ったそうだ。

「我慢するんだよ」と。

その言葉に母はうなずき、祖母は封筒に包んだ幾ばくかの金を母に渡したという。

赤ん坊の僕

ガス局近くの大梶南の小さな家で丸い卓袱台一つから始まった新婚生活を経て一年、父母は東九番町に移った。その時、母のお腹には僕がいた。

その頃はまだ、仙台にある苦竹の駐屯地に進駐軍がいた時代である。戦争はすでに終わっていたが、アメリカがビキニ環礁で水素爆弾の実験をした昭和二十九年に僕は生まれた。三回目の名称変更で自衛隊が生まれた年、浅草のおにぎり屋宿六が開店した年でもある。

その年に受験用の赤本が出版され、翌年に五十五年体制が始まり、高度経済成長期に突入した。僕が大学一年生の時、父の名前の一字にも使われた日本の通貨単位が変動相場制となり、高度経済長期が終わった。僕が童貞を失ったのもこの時である。ちなみに木星は地球の僕の誕生日倍である。

母が僕を産んだのは自宅からほど近い、仙台駅東口近くの産院である。その家は普通の一軒家だったが、少し金持ち風に小洒落た装飾が施されていた。母はベッドに横たわり、まさに僕を産もうとしていた。助産師が僕を引っ張っている。だが、なかなかうまくいかない。助産師が引っ張りすぎて、ドスンと音を立てて床で腰を打った。その瞬間、僕は生まれた。

普通、赤ん坊は生まれ出る瞬間に泣くものだが、それもなかったらしい。少し経って、僕はようやく泣いた。そこら中に安堵の空気が漂った。

「ダメかと思いましたよ」

医者と助産師がそう言った。母も続けた。

「私こそ、そう思いましたよ。この前のこともあるから」

母は以前に一度、死産したことがあった。医者が自分で助け舟を出した。

「結果オーライってことですよ」

仙台市は中心部に青葉通り、広瀬通り、定禅寺通りという三つの通りがある。青葉通りと定禅寺通りは欅並木があって、ポスターなどの絵になりやすい。広瀬通りだけがなぜか銀杏並木である。

青葉通りを歩くと角に城の形をした交番があり、西公園を過ぎて大橋を渡った先に仙台城跡がある。

定禅寺通りの欅は戦後、僕の妹が生まれた翌年に植樹されたもの。散策路として整備され、ベンチや彫刻が置かれているほか、秋にはジャズのイベントが開催される。

なお仙台の中心地を真上から見下ろすと、青葉神社、大崎八幡宮、仙台城本丸を頂点とする三角形と、愛宕神社、榴岡天満宮、仙台東照宮を頂点とする三角形が組み合わさった六芒星（ユダヤのダビデの星）が見える。その中心を国分町と定禅寺通りが十字に交差している。


僕の家は袋小路の突き当たりにあった。フェンス越しの向かいはヨイっちゃんの家だ。この家は以前自転車屋の奥さんと娘さんが住んでいた。向かいの家にはシゲルちゃんがいる。シゲルちゃんの姉に当たるヨイっちゃんのお母さんは、なんの癌か知らないが、癌だと言っていなくなって、代わりにここにヨイっちゃんが来た。ちなみにこのヨイっちゃんは「町内会の三バカトリオ」の一人だった。ヨイっちゃんはのちに日活ロマンポルノの助監督になった。

それから数か月後、赤ん坊の僕は家の中で一升の米を背負って歩いている。一歳になる前に、この辺りで行われる行事なのだそうだ。僕は途中で、後ろが重くてバタンと仰向けに倒れた。だが、泣こうとしなかったようだ。

しゃべるのはともかく、歩くのは普通一年三か月ぐらいまでと言われている。僕もこれに漏れず、ギリギリの一年三か月で歩いた。

しかし、しゃべるほうとなると、少し遅かったような気がする。ただ僕はいつも笑顔だった。

父はその時代の人にしては革新的であったようだ。「おむつ替えをやるから見に来い」と言ったらしく、近所のコナミちゃんとその友達が現場を見に来た。いくら赤ん坊でも、公衆の面前でおむつ替えとは、その時の僕は恥ずかしかったに違いない。

隣に、母より半年早く生まれたかなりの美人の一品さんがいた。一品さんは看護師だった。

それはそうと、赤ん坊の僕はと言えば、母におんぶされ、しばしばこの一品さん宅を訪れた。側には父もいた。

三品さんが僕の顔を見るなり言った。

「この子はご両親に似ず、なんて愛想がいいこと」

父母は少し憮然として顔を見合わせていた。

初めての試練

僕が三歳の時に妹が生まれた。僕にとって最初の試練が訪れたのは、その前後だった。二軒隣の勝股さんの奥さんの優子さんが僕の家にいる。苦しがって畳に転げている僕。側に心配そうな母もいる。

実は母は先ほど僕を連れて、世界一最悪な右藤内科に行ったばかりだった。そこに看護師として、あの美人の一品さんが勤務しているからだ。

優子さんが言い出した。

「右藤内科ばかりが医者ではないよ」

母と僕は駅の東口にある石崎スーパーの向かいの黒沢外科に向かった。僕はここで腸捻転と診断され、全身麻酔をかけられ腸を切って取り出す手術を受けた。

家に戻ると、そこにまた優子さんがやってきて、母に言う。

「どうだったの、シュンボ（僕のあだ名）は」

「やれやれ」という顔をしている母。母は優子さんに言った。

「どうも、おかげさまで……」

したり顔の優子さんだった。


玄関先に近所の友達のフトシちゃんのお母さんが来た。手にボールを持って、母に声をかけている。

「アヱ子さん」

「なに？」

「味噌貸して」

そこで母は台所から味噌を持ってきて、フトシちゃんのお母さんに渡した。

当時は近所どうしで食品の貸し借りは当たり前のことだったのである。

フトシちゃんの家の脇に空き地があり、その側に大家の親戚が住んでいた。長屋だけあって、トイレは僕の家側の別棟にあった。

大家の親戚は僕の家側に来るのを嫌がって、空き地側にトイレを建てた。ところが寝室の側になってしまった。するとその親戚の一人が言い出した。

「臭過ぎて寝られたもんじゃない」

それからまもなく、その親戚はどこかに引っ越してしまった。

僕は五歳になった。東口の八幡宮の階段を、母の手を握ってやっと上れるようになる。帰りも同じ道を通ったが、行きとは違って上機嫌だ。なぜなら神社の境内で買ってもらった千歳飴を左手に持っていたからだ。満面の笑みを浮かべ、下りは元気いっぱいの足取り。なんともゲンキンな奴である。

僕が入学する連坊小学校に行くには寺の境内から林のある墓地を抜けるほうが早かったので、みんなはそうしていた。林を抜けたところに二女高があり、そのそばを通ると区坊小学校の裏門に出る。その通りに臭いのこもったトイレがあって、その臭さといったら、鼻についてどうしようもなかった。今でも皮膚感覚として残っている。

その手前の左奥に僕が通園していた能忠保育園がある。そこの園児の半分は後に東北大に入ることになるのだが、僕はもちろん、あとの半分のほうだ。

そのなかには後に小学六年で同級になる峰本もいた。彼の家は一高前で精肉店をしていた。一高は連坊小学校を出て右に曲がったT字路を下ったところにある。

保育園の園庭にいた時、峰本が僕の赤い長靴を見て、からかった。その頃は「赤は女だ」という意識が強かったのだ。僕は恥ずかしさのあまり、しゃがんで両手で長靴を押さえて後ろ向きで走って帰った。

この保育園では時々知的障害の男が窓際に来ることがあった。男はズボンを下ろして、尻を見せびらかしていた。窓を開けっぱなしにしていたので、その光景はまざまざと幼い僕の目に焼き付いた。

またその男がやってきて、保育園の窓をよじ登ろうとしていた。僕たちはワイワイと囃し立てたが、内心怖かった。

初めてのテレビ

この頃、都会ではテレビが売り出された。この辺りでテレビが入ったのは、ヨイっちゃんの家が最初だった。東九番町、東八番町は道幅が狭く、北から南への一方通行になっていた。

ヨイっちゃんの家も袋小路にあった。僕の家の塀の向かいである。九番町の通りの一番奥にポップコーンを売るポンポン屋の家があるのだが、そこをもう少し行って左に行った辺り、新寺小路の桜平石材店の向かいの床屋である。

店先にはテレビがあるため、いつも黒山の人だかりだ。テレビではプロレスが映され、力道山がブラッシーにフォークで腕を刺されていた。

「ワー」

黒山の人から声が上がった。僕が実際に目の前でテレビを見たのは、このヨイっちゃん宅である。ここでテレビ時代劇『白馬童子』も見た。白馬に跨る主人公が、画面からこちらに向かってきて、思わず顔面がこわばる思いだった。

そこにはポンポン屋のおんちゃんやおばちゃんもいて、僕の両親も見に来ていた。テレビのついでに、僕たちはヨイっちゃん宅で風呂をもらった。皆で代わる代わる入った。

Scene 2　少年の憂鬱

いたずらっ子、世に憚る

僕はとうとう連坊小学校に入学した。うきうきした気持ちと不安が、コップの中の水と油のように共存していた。

僕は何をやってもうまくできなかった。保育園のお遊戯の時もそうだった。なぜだろう。とにかく「周りの人よりかなり幼かった」と言ったほうがよいかもしれない。

一年三組の担任は女性で堀口先生といった。思うに堀口先生は僕の性格のすみずみまで、例えば父親譲りのシャイで引っ込み思案、依頼心が強い、好物は最後に食べる……といったことまで、すべて知っているかのようだった。

ある時、九番町の我が家に堀口先生がやってきた。いわゆる家庭訪問である。玄関先で先生が僕に話しているのを母が聞いていた。

「シュンジ君、いまだに靴の右と左を間違えていますね」

母は困惑の色を濃くして、すまなそうに言った。

「すいません。うちの子は幼いもので。今後ともご指導、ご鞭撻をよろしくお願いします」

季節は忘れたが、母の右肩から湯気が上がっているのが見えた。母はかなり緊張していたのだろう。この緊張しいは見事に僕に受け継がれた。

そうそう、あの時だ。学校の校庭での行進の時、僕は緊張して、ロボットのように手と足をそろえて前に進んだ。


その頃、東九番町と新寺小路の角に戸枝さんのタバコ屋があった。当時そこには木製の冷蔵庫とかき氷機があった。

戸枝さんの向かいは桜平石材店である。東九番町を僕が傘をさして歩いていた様子を戸枝さんが見ていた。体が小さくて傘しか見えなかったと言っていた。

母が父に頼まれ、その店でよくタバコを買っていた。

「息子さんが傘をさしていると、傘が歩いているみたいだね」

戸枝さんにこう言われた母は、なぜかまた謝っていた。

「すいません、うちの息子、小さいもんで」

その夏、僕はタバコ屋の周りを何度も歩いた。もの欲しそうな目で、戸枝さんとかき氷を見ていた。すると戸枝さんは見かねてか、木が挟んである黄色い花型のかき氷を僕に渡してくれた。

いつも僕は、母から十円をもらって勉強していた。

「『右』という字はノを最初に書く。『左』は一を最初に……」

こういう状態だから、通信簿はいつも「1」と「2」ばかりだった。朝五時に起き、そしていつも夕方五時になると眠くなり、夕食を食べるとすぐ寝てしまった。それを父がそっと寝床まで連れていってくれた。


その父にはあまり友達がいなくて、よく近所に住む朝鮮の人と遊んでいた。昔は韓国のことも朝鮮と呼んでいた。ちなみに駅前のパチンコ屋は朝鮮の人たちが独占していたらしい。

そう言えば〝アボジ〟とか〝オモニ〟という言葉をよく耳にした。

当時、廃品回収の仕事は朝鮮人がやっていたと聞く。拡声器から、おかしな日本語が流れていた。

「アブラびん、ダメあーる」

一番初めに住んでいた東九番町ではコナミちゃんとポンポン屋のおんちゃんがよく喧嘩をしていた。喧嘩といっても単なる言い争いだった。内容もたいしたことではなかった。

仙台には大きな海水浴場が二つある。一つは荒浜であり、もう一つは菖蒲田であった。どちらがどうとは今になっては分からないが、お互いにこっちがいいと言い張っていたようだ。なんとも他愛ない喧嘩である。

とかく小学生ぐらいの子供というものは、そろそろ異性が気になり出す頃だ。誰かと誰かをからかうような遊びをする。周りは無邪気にからかっているのだろうが、その対象者になった子供はいい迷惑だ。いじめにも等しい。

僕の妹の恭子《やすこ》は、その犠牲者の一人だった。ポンポン屋の出来の悪い弟タカオちゃんが首謀者となって企てたのだ。モンペ風のビロードの上下を着た妹の恭子と、妹にとっては初恋の相手だったと思う「フトシちゃん」を朝礼台のようなものに乗せてこう囃し立てた。

「チョンチョコ（東北弁でオチンチンのこと）くっつけろ」

妹は泣きそうな顔をしていた。だが、僕はだまって見ていただけだった。

ポンポン屋の兄の方は頭が良く、年下の子をからかうようなことはしなかった。後ろの家の佐藤の兄もそうだった。

佐藤の兄は、近所の妙子ちゃんが好きなようだった。妙子ちゃんというのは、長屋の道路を挟んだ前の自動車工場の娘だ。妙子ちゃんの父は長嶋茂雄に似ていたので、皆「長嶋」と呼んでいた。そんなわけだから、娘の妙子ちゃんも皆から慕われ、男子の間ではマドンナ的存在であったのだ。

その頃の僕は子供っぽくて、男女のからかいの対象にこそならなかったが、金銭問題に巻き込まれたことがある。

当時の小学校では視聴覚室で映画を見ることがあった。有料で五円かかった。ある時、後に中学校でも同級になる今野の分を僕が払った。たしか映画は『次郎物語』であったと思うが、定かではない。

その時、今野に貸した五円がなかなか返ってこなかった。そのことについて母から言われた。

「今野君に貸した五円、どうしたの？」

「まだ」と僕は答えた。すると母は続けて言った。

「いつ返してもらうの？　どうするの？」

僕はただうつむいていた。

僕と今野が木造校舎の階段にいる時、今野が言い出した。

「お前がこの階段、飛んだら払うから」

それはそうとう長い階段で、飛ぶのは不可能な高さだった。

僕はしばらく階段を見ていたが、覚悟を決めて飛んだ。目の前に一段目が迫った。

その後どうしたかって？　やはりその後も今野は僕に五円を払ってくれなかった。

仕方なく僕は自分のお金を母に見せて、今野から五円返してもらったと嘘をついた。

女難の相？

三年生になると、後藤さんという女の子が僕を追っかけてきた。しつこく追いかけてくるものだから、僕は逃げた。そしてそれは何度も繰り返された。

途中で僕は机につまずいた。それから椅子にもぶつかった。僕と後藤さんは立ち止まって相対した。そして僕はまた逃げた。なぜ後藤さんが僕を追っかけてきたのかははっきりしないが、ひょっとしたら自然発生的だったのかもしれない。

それからしばらくは追いかけられたが、夏休みに入る頃にはこの騒ぎも終わり、僕はちょっとばかり寂しい気持ちであった。


そんな頃だったか、僕が通う小学校の近くに歯科技工士の息子で吉本という子がいた。僕はこの吉本に、一高近くの井上アイスキャンデー屋に連れていかれたことがある。僕はそこで意外な人に会ったのだ。

その店に、その後二女高を中退して大映に入った女優の若尾文子がアルバイトをしていて、アイスキャンデーを売っていた。当時のキャンデーには割りばしがついていた。というより割りばしが芯棒として使われていた。

若尾文子は、ある時興行に来ていた長谷川一夫に直訴して映画界に入ったらしい。後にニューフェイスに合格して看板女優となる。

その彼女が、

「アラ、かわいい坊やね」

と言って僕にそっとアイスキャンデーを渡してくれた。まさかあの人が後にあれほどの大女優になるとは夢にも思わなかった。


四年生になっても未だに僕は何をするにも手が遅くて不器用だった。僕の隣の席に結という女の子がいた。その後ろに堀中という器用な男子がいた。工作の時間、僕ができないでもじもじしていると、結さんが見かねて堀中に言った。

「シュンジ君の分も作ってあげな」

堀中は黙って僕の分も作ってくれた。僕はなぜかほのぼのした気持ちになった。

実のところ、僕は女の子と遊んでいる方が楽しかった。だが、そんなことがバレるとからかわれるのは必至だ。だから努めて男子との接触を優先させていた。

名前はすっかり忘れてしまったが、当時光寿院の広場脇に住んでいる男子がいた。後に東北大に入ることになる子だった。

その子が二度ほど僕の家に来たことがある。一度目は仮病で僕が学校を休んだ時だった。東九番町の袋小路の一番初めの借家の時、垣根越しに声をかけてきた。

「シュンジ君、いますかー」

担任に頼まれて、学習プリントと給食のパンと牛乳を届けてくれた。ズル休みだったので、僕はあわてて布団をかぶったままつぶやいた。

「あ、ありがとう」

もう一回は勝股さんが二度目に引っ越した借家近くの東八番町と新寺小路の角で、勝股さんの三姉妹と家で遊んでいた時である。外で大声が聞こえた。

「シュンジ君、あのさー野球するんだけど、メンバーが足りないから来てくれるー」

僕はただ頷いた。本当は三姉妹と遊んでいたかったが、仲間の手前、しぶしぶ野球に加わった。

この頃初めて母方の親戚に行った。僕の少し年上の輝夫ちゃんの家だ。ひょっとして輝夫ちゃんは、秋田のプロ野球選手になった村田さんと同い年かもしれない。今では水商売出の美人の奥さんをもらったらしい。

まわりが田畑で木の電柱が等間隔にあった道は一本道でもちろん、舗装はされていない。輝夫ちゃんの自転車で後に僕が乗った。僕は何か左足に空間の余裕があったので、ブラブラさせていた。しばらくすると足がスポークの中に入った。どうやってとってもらったか覚えていない。病院に着くと、ベッドの上でくるぶしから白い液体が噴水のように上がった。

二つの罪⁉

ことわっておくが、この事件は僕とはまったく関係のない話である。町内で一番余裕がある人といえば、クリーニング屋のおばあさんだった。息子が四人いて、一番上は市内の大手銀行に勤めていた。その下の三人がクリーニング店を手伝っていた。

ある時、次男がおばあさんに言ったらしい。

「おしぼりを畳んでおいて」

そう言ったまま次男は仕事をおばあさんに押しつけて、どこかに遊びに行ってしまった。

でも、良いこともしていたらしい。次男は町内会の班長を何年もしていた。ちょうど町内会の会長が訪ねてきて、

「いつもトキオさんだけに班長をしてもらっているから、今度は順番でした方がいいね」

「いえ、いいんですよ」

「いや、そうはいかないでしょ」

そんなやりとりの後、事件は起きた。

昔のトイレは汲み取り式で、正面の壁の下の方に掃き出し用の小さい窓があり、鍵をかけていない家が多かった。そこから、ある家に賊が入ったのだ。賊の正体はクリーニング屋の次男だった。

次男が畳に包丁を突き刺して言った。

「金を出せ！」

どうやら、町内会の班長をしながら各家を物色していたらしい。

この事件の顛末は不明である。

そんなことがあって、まもなくだった。小学校に行く手前に寺院が二つある。古木で有名な光寿院と裁松院だ。光寿院の手前には小学校の三バカトリオの一人、ケーシーの家が

あった。そこから下ったところにある家の並びに、頭が良くて後に東北大学に入ることになる長谷川の家があった。

僕には今でも忘れられない、時に思い出す悪夢がある。

前の広場には長谷川の弟がいる。道路沿いには花屋の丹野がいた。その道路を挟んだ向かいに片平菓子店がある。

事が起きたのは、その光寿院の前の広場だった。そこの向かいにも後に東北大に入る広橋がいた。並びには何軒か家があったが、その向かいは木が結構生い茂っていた。

僕はバットの素振りをしていて、そこに長谷川の弟がいるとは知らず、いきなりバットを振った。すると「ビタッ」と何かに当たる音がした。バットが当たったのは長谷川の弟の額だった。そこからポタポタと血がしたたり落ちている。長谷川は弟を背負って東九番町の一直線の道を走っていった。行先は黒沢外科だ。

これが僕の起こした一回目の〝犯罪〟だった。それから何度かこの弟に会ったことがあるが、額を見て思わず立ち止まったものだ。

それからどうなったのか正確なところは分からないが、その顚末の一端を垣間見た。

母が長谷川の家に百円札を何枚か持っていくのを見たのだ。それ以後、そのことについて母に言われなかったのは、僕にとって救いであった。父がその一連の出来事に関わっていないのは、母のほうが強かったからだろう。

もう一つ忘れられないことがある。

〝二人のヒロミ事件〟だ。

以前からクラスにいたヒロミは、一言でいってブスだった。そこへ美人のヒロミちゃんが転校してきた。

美人のヒロミちゃんは学校近くのアパートに住んでいたようだ。なぜなら僕はそこで一度、彼女のスカートをまくったことがあるからだ。彼女のパンツは白く、ビロードのようだった。前から、あんなきれいな人はどんなパンツを穿いているのだろうと再三夢見ていた。

皆でブスのヒロミをバカにしていたことは言うまでもないが、ある時、そのブスのヒロミに給食当番が回ってきて、給食を各机に置こうとした。ところが皆、受け取るのを拒否した。

僕はそういう気持ちはなかったが、結局皆の真似をした。これが僕の二度目の犯罪である。そのあとそれを配ったのはもちろん、美人のヒロミちゃんであった。

ただ気がかりなこともあった。それは僕の失恋に繋がることだったから余計に覚えている。僕は美人のヒロミちゃんのことが好きだったが、彼女は後に一高に入ることになる矢部が好きだったようだ。

当時、僕は友達と一緒にしばしば小さい悪戯を繰り返していた。小学校の三バカトリオの二人目の高橋と僕は、近所の歯科医院の娘と友達だった。その歯科医院は仙台駅東口方面にある。

一度、高橋と一緒にその子の家に行ったことがある。その子の部屋は二階の端にあった。中央にベッドがある。僕たちはタンスの上からベッドに飛び降りて遊んだ記憶がある。今思うと、かなり乱暴なことだった。よくベッドを壊さなかったものだ。

同じ頃、少し広くなっている境内で、たくさんのひよこを箱に入れて売っている人がいた。

僕はそのなかの何羽かを買った。初めは網で囲って家の前で飼っていたが次々と死んでしまい、最後の一羽になったところで我が家の後ろのトイレの脇に移した。

そこでヨイっちゃんと佐藤の弟と僕とで、オチンチンの見せ合いをしていた。するとその鶏が目を爛々とさせて家に入ってきて僕たちに向かってきた。怖かった。夕方、父は台所のシンクで、その鶏を絞めた。

その頃、父は定職に就きつつ、アルバイトのような仕事をしていた。父は僕たちには詳しいことは伝えず、なんとなくこっそりと仕事をしていたようだった。

ある日曜日。僕が遊んでいる道路の端を、父がリヤカーですぐ横を通り過ぎた。父は何か複雑な表情で、僕を見かけると、避けるようにちょっと横を向いて通り過ぎた。僕は見てはならないものを見てしまったような、後ろめたい気分になった。

そう言えば父は日曜日にバイトをしていると言っていた。父が働きに行っているのは、母にせかされてのことだ。向山だとか八木山だとか言っていたが、勤務先へは自転車で行っていた。その日帰宅した父は顔をアザだらけにしていた。どうやら自転車で転んだらしい。特にあの辺りは坂道だから仕方ないだろうが、父のように行きたくもない気持ちで行くと、ろくなことはないと僕は思った。

一方、僕が高学年になると母が働き始めた。父の会社の隣にある生コンクリート会社の下働きだった。母は体がつぶれるまで懸命に働いた。これは僕が高校生になるくらいまで続いた。この頃の我が家は母が大黒柱だったのだ。

稼ぎ頭の母は時々だがデパートに遊びに連れていってくれた。もちろん父も一緒だったが、僕にとってデパートは楽しみな場所であった。

地元で知られたデパートというと丸光と藤崎があった。「あった」というのは、もう丸光はないからだ。かつて丸光は石巻にも福島の郡山にもあった。

幼い頃、僕も丸光デパートの屋上でスマートボールやカート遊びをしたことがあるが、事件はこの仙台の丸光デパートで起こったのだ。

そこで父はしでかしてしまった。下りのエスカレーターで、前にいるうら若きとまではいかないが、おもて若き女性のハイヒールの踵を、それこそ強く踏んづけだのだ。

「痛いーっ！」

館内中、響き渡る声だった。

その瞬間、エスカレーターは停止。それから脇にずれて、父母、妹、僕とその女性が話し合った。小学生の僕はそこまでは覚えているが、その後どんな決着を迎えたか、とんと分からない。いや、側にいた僕は気が動転していたのか思い出せないのだ。その女性がどんな人だったか分からない。ただ、相手の女性は髪が長くて、背が高かったことだけは憶えている。ひょっとして父のタイプだったからだろうか。

小学校最後の痛み

僕は六年生になったが、相変わらず頭が悪かった。いつも通信簿は「1」と「2」ばかりだった。

担任は、いかりや長介の女版といったような先生だった。父兄参観の時、後ろのほうからヒソヒソ声が聞こえた。

「あの先生、結婚していないいんだってよ」

「そう」

この時、重大なことが二つ起きた。一つ目は「早坂のおっぱい見たか事件」である。

小学生のわりに背の高く大人びた早坂さんという女の子がいた。窓側の後ろの席に座っていた。その周りで生徒たちと〝いかりや長介先生〟が早坂さんを囲んでいる。急に先生が言った。

「誰なんですか、早坂さんのおっぱいを見たのは！」

集団証人尋問が行われた。

早坂さんが、顔を出す相手一人ひとりに言っている。

「この人は見た人」

「この人は見ていない人」

そして僕の番が来た。僕はドキドキしている。本当のところ僕は見たほうだったが、早坂さんはこう言ってくれた。

「この人は見ていない人」

早坂さんはずっと泣いていた。僕をかばってくれたのは、僕が早坂さんを少なからず好きだったということを感じ取ってくれていたのかもしれない。

この頃、とんでもない噂が流れてきた。それは僕にとっての、もう一つの重大事であった。僕がずっと好きだった妙子ちゃんが引っ越すというのだ。しかもその噂は本当だった。

それからしばらくして、妙子ちゃん一家は夜逃げをして、どこかに行ってしまった。

そのことがあってから僕と妹の間には、なぜかガランとした風が吹くようになった。それは今でも続いているのかもしれない。

妹も妙子ちゃんを慕っていたから、その衝撃は僕と同じぐらい大きかったのだろう。

妙子ちゃんがいなくなってしばらく経っても、僕の心には相変わらず虚しい風が吹いていた。

小学校生活も終わろうとする、そんな頃だった。思いがけないことがあった。旧愛宕橋の坂の下から声をかけてくる女子がいた。

「ジュンジくーーん」

小学校の同級生の道子だった。正直彼女とは友達になったのか覚えていなかった。だが、彼女が僕に好意を持ってくれていることは分かった。道子は大人びた感じの美人で、僕もまんざらではないことはたしかだった。

実を言うと、小学校の最後に一つだけ抜けていることがある。妙子ちゃんがいなくなると僕と妹が聞いた直後のことだと思う。胸に虚しい風が通り抜けた、あの頃……。古い木造校舎のトイレに僕と妹がいた。未だになぜだったか分からないが、並んでいる何番目かの同じ小室に僕たちは入っていた。外からノックする音がした。僕たちは返事もせず、そのまましばらく二人でいた。だが後はどうなったのか、思い出せない。思い出すのを拒否しているのかさえ分からない。思い出はそこで急にフェードアウトしている。

やがて僕の一家は、この町を引っ越すことになる。しかし、僕が引っ越す前に、妙子ちゃんは一家で夜逃げしたのである。そして僕らは心が空白のまま、住み慣れた東九番町から七番町に移ることになる。そんなことをよそに日本の人口は一億人を突破した。

そしてこの四月に日産の小型車部門であるダットサン最後のエントリーのダットサンサニーがでた。それから十月までの間にスバルも一〇〇〇ccをだしていたことは知らなかった。

十月にトヨタがパプリカとコロナの間を埋める車種として企画された小型車としてカローラが開発された。一一〇〇ccだった。「プラス一〇〇ccの余裕」というキャッチコピーは、日産を意識してのことは明白だった。

Scene3　青春の罪

後悔の日々……

僕は中学に入ると、部活としてバレーボール部に所属した。スポーツはあまり得意ではなかったが、バレーボールはカッコいいし、おもしろそうだったので、興味本位で入ったのだった。

試合では回ごとに必ず円陣を組み、下を見て〝五橋ファイト・ゴー〟と言う。

まず、リーダーが〝五橋〟と言い、皆が一人ひとり順番に〝ゴー〟と言うのであるが、僕の番の時、なかなかリズムが合わず、間の抜けたかけ声になった。これでは勝てるものも勝てないと、皆から言われてしまった。

そう言われても直しようがない。僕は奥手で、父親譲りのシャイな性格だ。だが、バレーボールにかける思いは熱いのだと自らに言い聞かせながらボールを追いかけていた。

バレーボール部には浦安という、クラスも一緒のヤツがいた。習字の時間、浦安が筆を忘れてきた。その際、僕は自分の筆を貸してしまった。もちろん余分な筆など持ってない。

無造作にパーマをかけたおばちゃん先生が僕に言った。

「ジュンジ君、筆は？」

「忘れました」

「忘れてはダメじゃないの」

僕はただ黙って下を向いていた。

その一方で、僕はそろそろ女性に興味を持ち始めるようになった。

学校の近くに書店があった。僕はそこで白人のヌード写真集を見ていた。ふと振り向くと、妹が立っていた。

「あんまり遅いから迎えに来たの」と妹は冷ややかな感じで言った。

僕が目だけを妹に向けて「よくここだと分かったね」と言うと、妹はややあきれた顔で言った。

「たぶん、ここだろうと思ってね」

僕がいつも大人の本を盗み見していたことが、妹にはバレバレだった。

バレていたのは妹にだけではなかった。僕がいつものように店の前で白人ヌードの本を見ていたら、そこの主人に注意された。背が高くて髭をはやしたインテリ風の男だった。

「それは中学生が見るもんじゃないよ」

僕があわててパタンと本を閉じて、足早にそこを去ったのは言うまでもない。

以前、同級生の道子に声をかけられた場所の近くに愛宕様という神社がある。その前は太鼓橋風になっていて、そこを渡ると郵便局がある。ここを過ぎると階段があり、そこには学習塾があった。ここに、後に同じ大学に入る愛宕中学の男子がいた。

当時の僕は焦げ茶の縁取りの付いた薄茶色の手提げカバンを持っていた。これはいつしか紛失するのだが、僕は橋を渡る際、いつもそれを投げる仕草をしていた。もちろん持ち手は握ったままなので、本当に投げることはなかったが、その男子をからかい半分で、そんなことをしたのだと思う。この子に会うと、いつもそんな気持ちになるのだ。実を言うと、その男子とは一度も話したことはなかった。引っ越しの際、その鞄は本当にどこかに行ってしまった。

中学の同じクラスに埼玉空《くう》という男子がいた。彼は普通なら特別支援学級に入るところだが、一般学級にいた。クラスの皆は彼の名前を縮めて〝サイク〟と呼んでいた。

とにかく僕は常に彼を擁護していた。ところが後に彼を裏切ってしまったのだ。今となってはなぜだか分からないが、そんなことなら初めから擁護すべきではなかったと思った。いや、そうではない、とことん擁護するのが筋だろう。僕というヤツは、なんとも筋を通さない男だと悔やんだ。これが僕の三つ目の罪である。

そうかと思えば、これまた幼稚園で一緒だった男子がいた。ある夜、二人で互橋中学に忍び込んで試験用紙を盗もうとした。二人で学校の塀をよじ登ろうとしたが、そううまくはいかない。僕はなんとか塀の上まで登りついたが、彼はモタモタしている。

「早く」

僕は言った。その声に彼は必死で手を伸ばした。結局僕たちは何も盗むことはできなかった。

なんでこんなことをしたのだという後悔の念に苛まれつつ、家路に就いた。

後悔の日々はまだ続く。中学三年の時だ。僕は塩釜に住む、小柄でそばかす顔の女の子に好意を持っていた。何も言えず、ただ思っているだけの片思いだった。

僕は彼女にラブレターを書いたのだが、なかなか出す勇気がなかった。

東七番町に移ってから三年目、僕は茶簞笥の上にラブレターを隠した。ところが、母にそれを見つけられてしまったのだ。

「あれ、何なの？」

僕は口ごもり、

「い、いや、な、なんでもないよ」

と取り繕った。

「なんでもないってことはないだろ」

母は怒ってラブレターを破り捨ててしまった。

翌日、僕は学校で友達連中に囃し立てられ、彼女の前に引っ張り出された。

だが、シャイなＤＮＡを受け継いでいる僕は、彼女の前では何も言えなかった。


ああ、かくも哀しき少年時代の後悔の止《とど》めはこれだろうか。僕が初めて外科医院に行ったことである。

その医院は二女高の見える場所にあった。

僕は恐る恐る医院のドアを開けて中に入った。

待合室で待っていると、名前を呼ばれた。

医師と看護師の前でモジモジしていると、看護師がカーテンを閉めてくれた。

医師が僕のチンポを見たのは、しごく当然のなりゆきだった。そして言った。

「仮性包茎だね」

「どうすればいいんですか」

「手術だな」

「エ……」

そこはそれで終わった。

手術なんて怖い。どうすればいいんだ――。

僕は医院に行ったことを深く後悔したのである。

いろいろあった中学時代も、そろそろ終わりだと思うと感慨無量だ。

最後の修学旅行は東京だった。当時はミニスカートが流行していて、ツイッギーの髪型を真似たミニスカートの女の子が東京の街を闊歩していた。東北の田舎から出てきた僕は、ポワンとした気持ちで、その光景をバスから眺めていた。

相変わらず事件は続く

高校生になった。その頃に東七番町から八番町に引っ越したと思う。この頃、母はサイダー屋に勤めていた。母の同僚も、この町内にいたとのことだ。

ある日、母は早く帰ってもいいと言われて家路に就いた。その頃は真冬を過ぎていたが、まだ寒くて炬燵をしていた。僕は鍋を火に掛けて炬燵でうたた寝をしていた。案の定、鍋の湯は左右に船を漕ぐようにグラグラと煮え立っていた。帰宅した母は、すんでのところで火を消し、火事を食い止めた。

あの時、母が早く帰ってこなければ大火事になっていたことは必至だった。おそらく僕も大やけどを負っていたことだろう。


こんなことのあった一九七〇年、大阪では万博が開催され、ファミリーレストランの草分けとなった「すかいらーく」が東京の国立市にできた。

また、この前年の一九六九年にはアポロ11号が月面着陸に成功。人間が月に降り立ったニュースは世界中を驚かせた。僕はそのテレビ中継に釘づけになった。月面をフワフワ歩くムーンウォークにはドキドキしたものだった。


高校の物理の実験室に鷹尾とその友達の中林と僕の三人でいた時の話だ。

中林が言い出した。どうやら僕に言っているようだ。

「彼女を紹介するから、学校のグラウンドに来いよ」

グラウンドに行く手前の坂で僕は彼女を紹介されたが、言わずもがな、彼女の前では何も言えずに突っ立っているだけだった。

実はこの時の僕は、小六の時に失恋した妙子ちゃんのことが心に引っかかっていたのだった。

後に県会議員になる岸辺と電気屋になる鷹尾、そして中林と僕が小学校のグラウンドでタバコを吸っていた。近くの交番から巡査が近づいてきた。

鷹尾が言い出した。

「消せ、消せ」

あわてて皆でタバコを消しにかかった。僕は気が動転してタバコを踏めずにいたが、何回目かにやっと消すことができた。

「そこで何をしていたんだね」と巡査は怪訝な顔つきで言った。

岸辺がとぼけて言った。

「別に何も……」

「そうか、気をつけろよ」

巡査はすべて分かっていて見逃してくれた。それはそれで終わった……。

僕が重大な出来事に遭った時、両親はいつも何も言わなかった。これは僕の性格を知ってのことなのかは分からないが、僕にとっては大いに助かっている。

青春の蹉跌

僕にとってもう一つ重大な出来事がある。これは恐らく両親は知らないだろう。

ある場所で、僕は見知らぬ女と鉢合わせした。

「危ないなあ、気をつけろよ」

女が息を荒くして言い返した。

「なによ、あんたからぶつかってきて、その態度、なに？」

僕は初め下を向いていたので分からなかったが、「そっちこそ……」と言いながら、言葉の途中で上を向いた。

「道子さん！」

そう言われた女もびっくりした。

「ジュンジ君」

道子は小学校の同級生で、ちょっと気になる女子だった。

僕は道子に思いの引き金を引いた。

「僕さ、本当のこと、言っていい？」

道子は吸盤のように僕の心に吸いついていた。

「なに？　いいわよ」

「僕はずっと、道子さんのこと、思ってたんだ」

道子は大きい目をさらに大きくして、涙をためていたようだ。そして十分に言葉を発することなく、「そう」とだけ言った。

でも僕は道子の気持ちがすべて分かっていたので満足だった。

「日乃出の二階の喫茶店に入ろうか」

道子はすかさず「いいわよ」と答えた。

もちろん僕は奥手なわけだから、女など知るはずがない。かと言って女に興味がないわけでもなかった。むしろ多感な時期だから、そのことばかり考えていたと言ってもいいかもしれない。

喫茶店では道子がいろんな話をしてくれたが、意味が分からなかった。というのも彼女が外国語を話しているかのように聞こえたからだ。英語ならともかく、ロシア語かタイ語のようにまったく分からず、音だけ耳に入ってくる。そんなわけだから話はろくに聞かず、僕はただ無言でうなずいてみせた。

たまたま以前、八百屋のバイトで貯まっていた使い道のないお金があった。

人生のすべては、タイミングなのだ。

この後、どんな拍子からか、僕が前に泊まったことのある仙台のホテルに行くことになった。

初めは二人とも見学するだけのつもりだった。ロビーには有名なヨーロッパの画家の絵があった。名前は分からなかったが、どこかで見たことがある絵だったから有名に違いないと思った。そのホテルには天皇陛下も泊まったことがあるらしかった。

部屋に入るとびっくりした。映画の中でマリリン・モンローが入っていたようなバスタブがあり、横にクリーム色のテーブルがついていた。リビングの照明はシャンデリア。豪華な調度品があり、何人も座れるような豪華なソファーがある。

ベッドルームにはふかふかのダブルベッドが備えられていた。ここで僕は憧れていた道子と一つになれると思うと、ウキウキどころではなかった。

憧れの彼女が目の前にいる。僕の気持ちは焦っており、興奮度は沸点に達していた。なにか、どこかで見たような光景の真似をしてみた。が、上はいいとして、下が問題だった。場所が分からず、右往左往しているうちに想定外の事態が起きた。失敗して結局僕は男になれなかったのだ。ここでその顚末を書くのはいささか憚られるので、お許し願いたい。

こうして僕の青春の一頁はドジな結果に終わり、この恥ずかしい出来事を忘れることはなかなかできなかった。

それを振り払うように、高三の時、肉体労働のアルバイトを始めた。仙台駅西口のすぐ近くに国鉄東北支社があったのだが、そこの少し手前で住友銀行ビルを建設していた。僕はそこで土木作業のアルバイトをした。

ある時、生コンをネコ（一輪車）に入れて、渡りの木の足場を小走りで渡り、コンクリートを鉄筋の入った床に流し込んでいた。ドロドロの生コンの入ったネコはかなり重いので、押さえながら流し込まないといけない。だが、僕は押さえきれなくなって、そのままネコごと床に突っ込んでしまった。

後で親方にこっぴどく怒られたのは言うまでもない。そして僕はこのまま、このバイトも辞めてしまったのである。

その後の卒業までの数か月の日々を、僕は何をするでもなく喫茶店に入り浸って過ごした。僕がよく行ったのは上杉愛宕通りの交差点近くにある書店の二階にある〝レモン〟という喫茶店だった。

そこからは仙台駅が見えた。古いピンクがかった平坦な仙台駅舎を眺めながら、僕の頭の中に芽生え始めていた東京への憧れが、漠然とであるが、少しずつ少しずつ膨らんでいった。そんな折、のちに松任谷由美となる荒井由美が、シングル「返事はいらない」でデビューした。

Scene 4　自分探し

演劇に興味を持つ

僕は大学に入学した。その年にセブン－イレブンの前身である〝ヨークセブン〟ができた。受験勉強を乗り越えて大学に入ったので、これからは自由だという解放感があった。先輩や仲間たちから、いろいろな遊びを叩きこまれた。

昔はストリップなどのいかがわしい場所が結構あった。これに関して言えば仙台三越のすぐ近くにあったリド。テレビの『11PM』でも紹介されていた。そこの名物従業員がいて、ここが潰れてからは近くのアーケード寄りのラーメン店に勤めたと言っていた。同じ仙台で、少し離れた苦竹や長町にも、それはあった。

映画館はミニシアターや猥褻な映画を上映する劇場がところどころにあった。ミニシアターは一番町商店街の入り口と西口辺り。中三の時、学校をさぼって見ていた。ちなみにその頃、よく見ていた映画はヤクザ映画だった。ヤクザ映画というと、大学病院手前のコニーでは梅宮辰夫の映画がよくかかっていた。

大学一年の時、演劇研究会に入り、宮城県の気仙沼大島での合宿に行った。同じ高校出身の凸凹コンビの先輩や写真家になった先輩、金髪女性と結婚することになる横浜の先輩もいた。一年生は僕のほかに、同じ高校出の飄々とした海戸、鄙《ひな》には稀な知性派の四浦がいた。

僕たちは海辺の砂浜で発声練習をした。

「アエイウ・エオアエ」

「カケキク・ケコカコ」

「サセシス・セソサソ……」

カセットテープからは小椋佳の『さらば青春』が流れていた。

なんと、ゆったりした時間であったろうか……。

僕はアマチュア劇団「無」にも参加していた。この劇団に一人の女性がいた。名前はナオ子さんという。歌手の「研ナオコ」で覚えているのだが、苗字の方はすっかり忘れてしまっている。そのナオ子さんは大手商社に勤めていて、近く結婚して東京に行くと言っていた。僕にとって憧れの人だったが、その思いは泡と消えた。

「無」では榴ケ丘公園に団員が集まって公演の打ち上げをやった。僕も参加してナオ子さんをずっと見つめていると、いかにも遊んでいそうな眉が濃くて背の高い女がビールを注いでくれた。そこは僕の性格と同じで、ウヤムヤに終わってしまった。

大学二年の時だったと思う。よく利用していた市電がなくなった。これまで当然のように目にしていたチンチン電車の線路がアスファルトの下に隠されてしまった。慣れ親しんだものが時代とともに次々となくなっていくのは寂しい気がする。

だが、なくなるものがあれば、新しく出てくるものもある。

一九七四年の五月、コンビニのセブン‐イレブンが東京の江東区豊洲に出店した。

そして僕が大学を卒業するまでには次々と新しいものが出てきた。世界初のＡＴＭができた。その頃、仙台にも新しい駅ができ、新幹線が一部完成しようとしていた。

ついでに言うと、この後の一九八〇年代には日本初のスーパー銭湯が生まれた。それからノーパン喫茶が京都に出店し、しばらくして仙台にも進出した。ノーパンといっても、パンストを履くようであるが。

そして時間差でノーブラ喫茶が現れた。僕はその店の店員に妙に気に入られた。そう言えば僕が歌手の稲垣潤一に似ていると誰かにもてはやされたこともあった。

彼女が欲しい！

年頃なのか、ひそかに僕の結婚話が持ち上がっていた。近所のラジオ屋の奥さんが勝手に進めているらしかったが、学業優先ということでこの話は立ち消えになった。

ちょうどその頃、僕は友人の海戸とその彼女、そして戸田の四人で喫茶店に入り浸っていた。海戸の彼女は、なんとなく僕に気があるらしい。何かの理由で彼女がむくれた際、海戸が言い出した。

「行く気がないなら、いいんだよ」

負けずに海戸の彼女も言う。

「あたし、別にいいの。本当はジュンちゃん（僕）でもよかったの」

「え、えっ⁉」

僕はその時、一瞬心が騒いだが、友を裏切るわけにはいかないので黙っていた。だが、まんざらでもなかったのは事実である。


大学に入っても三バカトリオができた。

一人目は背が低く、太くて眼鏡をかけた鳥取県出身の田山。兄貴は頭が良いらしく、地元の国立大に入ったと言っていた。

二人目の吉田は気仙沼出身。だからと言って僕とは関係性がないのだが、気仙沼とはアイヌの言葉でケセモイ、つまり北の最果ての海という言葉からとったと聞いた。

彼は中肉中背で、やや下膨れの四角い顔である。しゃべる時はいつも物が挟まっているようなしゃべり方をした。

二年まで、彼らと徳島出身の戸田、海戸、北海道出身の桶田《おけだ》とよく遊んだ。大学に入ってすぐ、学食で三女高出身の女子二人連れとよく出くわした。どちらも可愛かったが、タイプは違っていた。一人は〝下膨れのぽっちゃり〟。もう一人はまさに〝ボーイッシュ〟だった。

三バカトリオと一緒の時、僕が言った。

「あの、ボーイッシュいいね」

すかさず吉田が言葉を挟んだ。

「〝渡り〟をつけてやろうか」

「うん」

そうは言ったものの、吉田からはその後なんのアクションもなかった。だからと言って、僕から行くことなど、どうしてもできなかった。一、二度行きかけたことはあったのだが。

その日も例の二人が学食にいた。僕は思いきって途中まで近寄った。しかし、秀吉の中国大返しではないが、引き返した。意気地のないこと甚だしかった。

田山が言った。

「どうしたの？」

さっきまで血気盛んな僕だったのに……。

「女の二人や三人、引っかけられないでどうするんだよ」

吉田は、ただ僕を見ていた。

そんなこんなで、その場はひとまず終わった。たしかに〝ボーイッシュ〟な女子を思い浮かべて夢精したことは一度ならずあった。できたら彼女に童貞を捧げてもいいくらいだった。

二年までは一般教養が中心だから、他の学部や学科と一緒に講義を受けることが結構あった。その共通の科目に図学があった。

図学の授業はとにかくチンプンカンプンだった。耳栓こそしていなかったが、教授の話がまったく頭に入ってこない。

なんだかトレースに入るらしい。二点から見るとか三点から見るとかあるらしいのだが、よく理解できない。皆のいる前で誰にともなく僕は言った。

「図学、単位取るのやーめた」

僕は後悔することばかりだった。海戸から彼女を奪って逃げれば良かったと。

そうすれば僕の最初の彼女になっていたに違いなかった。彼女だって、まんざらでもなかったのだから。

僕ときたら、いざという時にダメなんだからと自分に呟いた。

〝いやはや……〟

ある日、演劇部の部室に一年上の土木科の女子が入ってきた。部室は狭く、ワンダーフォーゲル部と相部屋だった。女子がドアを開くと、そこには僕と三年上の先輩たち四人がいた。

「あのー、演劇研究会に入りたいんですけど」

彼女はあまり僕の好みではなかった。皆のがっかりする表情が見てとれた。横浜に住む先輩が笑いながら言った。

「いいんじゃない」

皆も賛同した。

ここで特筆すべきことがある。驚いたことに、建築科にいる彼女の友達が可愛かったのだ。僕はその土木科の女子を介して建築科の彼女と言葉を交わすようになった。僕が彼女に童貞を捧げるのは必然のなりゆきであった。

僕たちは何度か二人でベニーランドに行った。そこは大学からも彼女のアパートからも近く、恰好のデートコースの一つだった。ジェットコースターやコーヒーカップ、観覧車に乗り、ジェットコースターでは、僕はわざと彼女に体を寄せた。

その帰り、僕は胸躍らせながら、思いきって彼女に言ってみた。

「今度、アパートに行っていい？」

彼女の答えは素っ気なかった。

「いいわよ」

女性の部屋を訪れるのは初めてだった。僕はドキドキしながら入った。心臓が飛び出すかと思った。

彼女はいつもフリルつきの服装だったが、この日は上がパーカー、下がスカートだった。

それほど広くない室内には青いベッドが置かれ、それと平行して古いソファーがあった。その前には赤い水玉模様の布が掛けられた小さなテーブルが置かれ、女の子らしい部屋であった。

僕がソファーに座っていると、彼女はタッセルを外してカーテンを閉めた。

「こっちへ来ていいのよ」

とベッドに僕を呼ぶ。彼女のクリクリとした目が、僕を捕らえて離さない。

僕はおずおずと、そちらに向かった。

彼女のパーカーのジッパーを、たどたどしく下ろす。だが、やはり中のワンピースはボタンだった。慣れない手つきでボタンを外しにかかると、彼女がすっと手を出して、僕の手に触れながら外してくれた。下着に手をかけた瞬間、彼女は言った。

「ねえ、スカート取ってから」

スカートの後ろのジッパーを下ろす。自分ではちょっとのつもりだったが、だいぶ時間がかかったみたいだ。彼女は慣れた感じで言う。

「いいのよ」

ようやく下着にとりかかれると思うと感情が込み上げてきたが、依然として僕の動作はおぼつかなかった。さすがに彼女も業を煮やしたわけではないだろうが、そうとうじれったかったのはたしかだろう。何も言わずに僕の手を握って自分から脱ぎ出した。シュミーズの下には何も着けていなかった。

形の良い豊かな乳房は、ほっそりとした体には意外だった。僕がオロオロしていると、二人羽織のようにして一緒に下着を下ろした。キスから始まったが、僕はやり方も知らなかった。歯が当たった。彼女はやや大きめの声で「痛い」と言った。

すぐに彼女はなだめるように言った。

「いいのよ、初めてなんだから」

それでも僕は、これでもかというくらいキスをした。でも、まだ足りないほどだった。そんな雰囲気で今度は乳房にキスした。乳房をコリコリ手で転がした。そのうち僕は手を下に伸ばした。手でさぐっているが、彼女自身に行き当たらない。

彼女は苛立って言った。

「そこ、違う」

また苛立った声だ。

「そこも違う」

「ここ？」

疲れた感じで彼女は言った。

「うん」

ここに僕はやっと男になれたのであった。だがどういうわけか、その後、彼女とは一度も会っていない。

やはり、僕のせいだろうか。

親の心、子知らず

母の苦労をよそに大学で僕は自由気ままに遊んでいた。おそらく母は僕のこんな状況など想像もしていなかっただろう。母は懸命に仕事をしていたのだ。

この頃の母の仕事は朝鮮人が経営しているパチンコ店で賄いを作ることだった。そのパチンコ屋では、今と違ってタトゥーを入れた人たちも交じって働いていた。そのなかの一人が夫婦で働いていていて、何かと噂の的だった。

「あの人、あの奥さんで三人目だって」

館内は熱気でムンムンして暑苦しく、息苦しかった。男が汗をかきながら苛立たしげに言う。

「暑い！」

男の妻は、ただ我慢しているようだった。その腕にはタトゥーが見える。我慢の箍《たが》がはずれたら一触即発だろう。

そんなとげとげした雰囲気のなかで、母は僕の学費を稼ぐために、ただ黙々と調理していたのである。親の心子知らずとはこういうことなのだ。

僕の大学生活も三年が過ぎた。この時期、僕は製図の単位を取るのに必死だった。二年までに取らなければならないのだが、取れなくて一度留年した。その時、演劇研究会も一度辞めたのだった。

ここで僕を救ってくれたのは一年上の建築科の先輩だった。その先輩が製図を一枚描いてくれるというのだ。そのおかげで僕は大学を卒業できたのである。

これは三年生に当たる時であった。僕は大学の七期生だったが、できてまだホヤホヤの大学だったので、特進制度というものがあった。結局僕は一年、二年、二年、四年で普通に卒業できたのだ。

同じ年だが前年度になる三月三十一日、市電は廃止された。

四年になると研究室に入る。僕の担当は彫刻家だった。そこにはマレーシアだかフィリピンの女学生が一人いた。それはそれでいいのだが、僕には今でも忘れがたいことがあり、それが時折、頭をもたげるのである。

エレベーターを降りて、無菌室っぽい透明なビニールが張られた工房のドアを入る。そこは廊下になっていて、左に曲がった二つ目に岩手出身で人のいい中橋という男がいた。僕の方が彼のレポートを写したのに、部屋の中では彼が教授から大目玉をくらっていた。だが、彼は言い訳ひとつせず、ただただ怒られていた。ドアの左側に僕はいた。しばらくして彼がドアを開けて出てきたので、僕はおずおずと聞いた。

「何か、あった？」

「何も」

彼は飄々と言った。僕は彼の優しさに頭が上がらなかった。

僕は生き方が不器用で、要領が悪いと思っていたが、実はそうではないと思えた。

〝ごめんな〟と僕は心で何度も謝ったが、奴には聞こえていただろうか。これが僕の四つ目の罪である。

大学最後の失敗

ちょうどこの頃、仙台駅の西口を中橋と歩いていた時のことである。

その当時はまだビルが建ち並んでおらず、その一角に不動産屋があった。その店を覗くと、たまたまアルバイトを募集していた。人数は一人である。彼もやる気のようだったが、いつものように僕に譲ってくれた。

そこには若い女性が二人いた。どちらも可愛かったが、タイプは違っていた。一人は白河出身で、ぽっちゃり型で性格のいい、優しい子だった。

その後、僕が千葉で就職した時も一時遠距離恋愛をしていた。一度どこかで女同士で登山した時の写真が送られてきた。裏には「私」と書かれていた。

僕は仙台に帰ってきてから、彼女の実家に電話してみた。父親が出た。彼女は病気らしかった。

「君は、誰?」

「……」

電話に父親が出ただけで、僕はしどろもどろになった。その後、どうなったかは覚えていない。

それはそうと、問題だったのはバイト先のもう一人の小悪魔っぽい子の方だった。いつだったか、聞いた住所を頼りにその子のアパートを探し当てた。アパートの前の空き地に食品関係の白いライトバンが停まっていた。たまたまトイレの小窓が空いていたので、そこを登って中に入った。廊下を出て突き当たりが彼女の部屋らしい。戸には鍵がかかっておらず、すぐに開いた。部屋には男がいて、二人で寝ていた。

それを見るなり僕は、入ってきた時とは逆の手順でアパートを出て、一目散に走った。ただ一度、追ってきてはいないか後ろを振り向いたが、誰も来ていないので、また一目散に逃げ帰った。

就職を紹介される

やがて就職の時期がやってきた。僕は就職をしたくないわけではなかったが、演劇研究会の先輩の所に世話になって、丸子沿線に住んだこともあった。

そのうち、僕が問題を起こした。

隣の工作の教授が、僕を含めた三人に仕事を紹介してくれた。

三人のうちの一人は〝金ちゃん〟で、佐藤という女性の教授の人間工学研究室にいた。実家はタイ焼やタコ焼を売っていると言っていた。

もう一人は同じ研究室の男だ。一見キザッぽいのだが、後に中身もキザだったと分かる時が来る。

その教授の紹介で、僕たち三人を上野駅の出入り口まで車で迎えに来てもらった。車に乗っていた時間は、どのくらいだったろうか。

千葉県の津田沼付近の三山まで行き、一度降りて近くの寿司屋に入った。いわゆるご馳走になったのである。どうやらこれが面接だったらしい。僕たち三人は、そこの近くの缶に文字や絵を印刷する会社に入ることになった。

〝いやはや……〟

Scene5　人生のローリング

始めの一歩が……

僕は初めて県外に行くことになった。就職で千葉県に行くのである。県外へ行くのは二度目である。大学一年の時、一度ロッテの試合を観に行ったことがあった。当時ピッチャーだった木樽正明がバカスカ打たれていた。甲子園出身で全盛期はすごかったのだが、その時は惨憺たるものだった。

ともかく僕は大学を卒業して千葉に行くことになった。どこも受からなかったから、工作の教授が紹介する会社に行くしかなかったのだ。

この辺りは結構田舎だった。周りに大きなスーパーが一つあり、丈の高い照明がいくつかあった。反対側には田畑が広がっていた。そして近くには唯一のスナック〝みどり〟があった。僕にとって二度目のデート相手は、ここの娘だった。

娘の名は月子だったと思う。二度目のデートは吉田拓郎の歌にも出てくる喫茶店だかバーみたいな所に行った。

どこでもそうだろうが、その店にはアベックの常連客がいた。だが、この常連客は前提からして怪しかった。このアベックは夫婦なのか不倫関係なのか全然わからない。女の方は痣だらけだった。

アベックは来るとすぐ奥の席に行った。そこで女の声が聞こえてきた。声というより叫びだ。ＳＭでもやっているのだろう。男がやたら痛めつけ、女が叫び続けている様子が窺われる。初めは虐待かと思ったが、帰りは二人仲良く手を繋いで帰る。いつもいつも同じことを繰り返していた。趣味か本気か判別がつかない。そのうち女は殺されるのではなかろうかと思った。

就職先での楽しみは、この店に来ることしかなかった。

後日、スナックみどりの月子ちゃんが結婚したと聞いた。彼女と結婚したのは、おそらく彼だと思う。

彼とは、僕らとともに同じ大学の研究室から来たキザな男である。僕より少し背が高く、車の免許を持っていた。ちなみに当時の僕は車の免許をまだ持っていなかった。彼は精肉店の息子で、当時長町駅前に店があった。僕が大学四年の時、一度家に来たことがある。母は彼が精肉店の息子と知らずに、とんかつを出した。

その彼は、こんな人物だった。会社の近くの二階建てのレストランで食事をしている時、自分はムシャムシャ音を立てて食べているのに、人には言うのだ。

「ムシャムシャ、音を立てて食べるな！」

休みの日、彼が月子ちゃんと他の人と三人で、車で出かけるのを何度か見かけたことがあるので、たしかだと思った。そんな気がしたのだ。

そう言えば後に僕が仙台の宝飾会社にいる時、一度彼から電話が来た。

「今、何してんの？」

「宝飾会社に勤めてるの」

「うん、そうか。じゃあちょうどいいな。俺が結婚する時、指輪買うからな」

「うん」

僕は力なく曖昧に返事をして電話を切った。


僕が就職した千葉県の会社は、金属缶に文字や絵を印刷するのが仕事だった。ここで僕は初めからトラブルに巻き込まれることになった。

実際の給料の支給額がかなり違っていたのだ。どういうことかというと、会社側と部長が設定した額が異なっていた。部長が設定した額は明らかに高いのである。話し合いの末、結局その真ん中の額で決着した。

それから数か月後、僕は会社からレポートを提出するように求められた。だが、どう考えてもできそうにない。そこで僕は会社を辞めようと考えた。

その前に工場長から、僕の他に二人、それと福島出身の男子が釣りに誘われたのであるが、僕だけが行かなかった。その時、工場長が言った。

「付き合いの悪い男だな。そんなことだとどこに行っても務まらんぞ」

その頃、寮の連中のなかに長い間仲たがいしている二人の男がいた。たしか一人は立教大出身で、石崎スーパーの息子と同期と言っていた。もう一人は出身地が田舎だそうだが、どこかは聞かなかった。この二人はずっと口を利いていないらしかった。なりゆきから察すると、どうも立教を出た方がしずっていたらしかった。〝しずる〟とは仙台弁で〝からかう〟という意味だ。かなりしつこくしたから田舎者の方がキレた、と言っていた。そのことも頭にあり、僕は嫌になって会社を辞める決意を固めた。なんだかわけが分からなかったが、僕が辞めることで二人の仲が戻ったと後で知った。

一度会社で、印刷した金属板に油がついているということで皆が集められたことがあった。わけはない、実は僕が金属板に頭をつけて運んだのである。それでポマードがついたのだろうが、話が大きくなったので、今さら言えなくなった。

もし、僕に人並みの人生というものがあったら、僕は転落したのではない。転落とは一番上に登ってからするものだと思う。だが、労働安全から言うと、二メートル未満の所から落ちることが転落らしい。そこから落ちても、とても危険なのだそうだ。やはり、このことは僕の人生における転落なのかもしれなかった。

四月に入った会社を八月で退職した。

再就職したものの……

僕は千葉から仙台に戻った。

そして子供の頃よく出かけた駅前の丸光デパートの一階にある宝飾会社に二度目の就職を果たした。そこには立教大出身の凸凹コンビの夫婦がいた。もちろん女性のほうが凹である。歓迎会を開いてくれ、女性のほうが会社を辞めると言っていた。夫婦になったのは見合いで見染められてのことで、年齢は二十五〜三十歳ぐらいだったと思う。

僕はまたそこも辞めて、いよいよ正式に転落人生の火ぶたを切った。

それから、その年のうちに生命保険会社と不動産会社に営業として入ったが、一人も客が取れなかった。そしてその年も終わろうとしていた。

次の年、眼鏡店に就職した。その店は丸光デパートの北隣に面していた。

ある時、その店に丸光デパートの宝飾店で世話になった人がやってきた。僕は心の中で思わず〝やばい〟と叫んだ。

「どうしよう。とにかく会ってはまずい」

螺旋階段で二階に上がると、その客も二階に上がってきた。ちょうどそこに先輩と、元ここで働いていたという彼女がいた。その彼女が客と対応してくれた。

客が尋ねた。

「ここの店の人、いないの？」

「そうですね。私、ここの人ではないですから」と彼女。

「この店は、どうなってるんだ」

「知りませんよ」

彼女は仏頂面で応えた。

僕はレンズを調節するところにいて、客のレンズを削っていた。なぜ、任せられたのだろうと思いながら削ったものだから、余計に削ってしまった。

店長は真っ青になっている。

「おい、どうするんだ。こんなに削ってしまって」

店長はセルロイドの輪を二つにして眼鏡に入れた。そこに通りかかったのが、宝飾店の奥さんとそっくりな女店員だった。

時代はジェットコースターのように勢いよく流れていた。

僕は入社二年目で東京へ異動することが決まった。店は銀座店、上野松屋店、日本橋東急百貨店であった。寮は世田谷の桜新町だ。『サザエさん』の街になる前のことだった。


宝飾会社の奥さんと眼鏡店の女店員は瓜二つだった。僕はこの女店員と東京に行くことになった。初めは銀座店だった。『吾輩は猫である』に出てくる最中屋『空也』の近くだ。それから日本橋の東急百貨店に行く。寅さんの映画に出てくる啖呵売りの口上にこの東急が出てきたと思う。最後に行ったのは浅草松屋だった。その近くに日光方面へ向かう東武伊勢崎線の浅草駅もある。そこに背中合わせのスチールのベンチがあった。ベンチにはホームレス風の男や隠居風の老人が数人座っていた。

ホームレスの男が僕に言った。

「百円貸して」

僕は顔をしかめて黙っていた。

するとホームレスは怒り出して独り言のようにつぶやいた。

「なにも無視することないだろうによー」

僕は見ず知らずの人に、そんなことをする必要はないと思った。貸すと言っても、実際はやることになるのだから。

もともと僕は田舎者なので仕方ないのだが、東京にはずっと馴染めなかった。

そんな折、桜新町の寮で同屋だった男に通帳を盗まれてしまった。以後、僕はその室から、倉庫として使っていた部屋に移された。

僕は部屋をそのままにして実家に帰った。周囲に黙って帰ってきたのかと、父母にはいきなり怒られたが、安堵したのもたしかだった。母が言った。

「なんでそんなことをするのよ」

僕は黙って下を向いていた。

父がポツリと言った。

「じゃあ、ちゃんと辞める手続きをして、もう一回帰ってくるんだぞ」

重なるトラブル

あとで出てくるエスカイヤ、ロイヤル、居酒屋の櫓茶屋を展開する大和実業に入る前、僕は山田にある小さなメッキ会社にいた。近くには西多賀病院があった。

ここにいた時、僕は車の免許を取ろうと南仙台駅近くの自動車教習所に行った。しかし、なかなか思うように段階が進まなかった。そんなある時、我が家で家族会議が開かれた。そこにいたのは父、母、妹、僕である。

母が言った。

「やっぱりお金、包んだほうがいいんじゃない?」

「そうだな」

父も同意した。

「そうだよね」と妹も続けた。

「いくらがいいべ」と僕が言った。

「そうだなあ、五千円がいいんでねえの」と母が応えた。

皆が同意して、うなずいた。

そんなことで、僕はやっと車の免許を取ることができた。

その後、僕はラーメン屋と居酒屋で毎日働いていて、身も心も疲労していた。

居酒屋では仕事が終わると皆で集まった。大きなテーブルが二つ、一つは暖炉風になっていた。魚の木彫りもあり、なんとなく落ち着けた。

当時は日活ロマンポルノが終盤を迎えた頃で、アダルトビデオの最盛期だった。ホームドラマの〝ケンちゃんシリーズ〟と間違えるような題名のアダルトビデオが進出してきた。もちろんホームドラマとは無関係の『洗濯屋ケンちゃん』だ。仲間は誰もが観たと言ったが、僕は観ていなかった。観る機械も機会もなかったからだ。今考えると、惜しい気がする。何が惜しいか分からないが……。

まもなく僕は喧嘩して、この居酒屋も辞めてしまった。いずれも仕事の途中だった。

「バカやろう。バカらしくて、こんなことやってられるかよ」

僕はその場にトレンチ（お盆）を置いて、捨て台詞を残して飛び出した。そんなわけだから、あとから給料をもらいに行くわけにもいかなかった。

こんな状況なので、母に給料を取りに行ってもらったのだ。あとに出てくる多賀城の遺跡発掘調査の時も中田の時も店の近くまで一緒に車で行き、すぐ側で母を降ろした。母は、いつも店長からこう言われたらしい。

「本人がちゃんと来てくれないと困るんですがね」

母は関係ないのに、平身低頭で謝りながら給料袋を受け取ったそうだ。

この後、僕は二軒目の居酒屋櫓茶屋で働くことになるのだが、そこにいた頃、整体の専門学校に通っていて背の高い指橋という後輩が、ロイヤルのミヨという子と同棲していた。

どちらもハーフっぽい風貌で人目を引いた。

ある冬の夜だった。指橋が運転するダルマセリカが急な坂を上りきろうとした時、角のコンクリートの壁にぶつかってしまった。逃げようとした際、そこの外灯が点き、向かいのタクシー会社から人が飛び出してきた。

「おい、逃げるのか！」

タクシー会社の社長が怒鳴った。

その声で僕たちは逃げるわけにもいかず、そこの家の主人から、キツネではないがコンコンとお説教を食らってしまった。

ただ、その時、指橋は運転していたのは、あくまで僕だと言い張った。そこの老夫婦の主人の方が、何度も確認する。

「運転していたのはあなたですよね」

明らかに僕に向かっての言葉だった。

そして、次の年も事故を起こした。

場所は家の近くの八本松だった。仙台方面から来て左にコンビニがあった。僕はそこに止まっていた車を追い抜いた時、止まっていた車を避けようとしていた車と対向車一台、停車していた車も含めて四台がぶつかった。結局、賠償は対向車と僕が三対七の割合ですることになった。もちろん僕が七だ。そのうち家に事故の仲裁機関の人らしい野太い声の電話が何度かかかってきた。出たのは母だった。

「どうするつもりですか」

母は、ただ黙って受話器を耳にしていた。

このことで気分がクサクサしていた僕は今でいうソープランドに行った。そこは言わずと知れた仙台ナンバーワンの店・プレイボーイだ。国分町手前の一番町の飲食街の建て込んだ場所にそれはあった。虎屋横丁から三越方面に歩いていく。入り口に着くと人目を気にして、誰もいなくなったのを確かめてから狭い階段を駆け上がった。

ロビーでテレビを観ながら待つこと十分、やっと順番が来た。エレベーターまで案内された。ボーイが言った。

「今日は和子さんです」

本名は何と言うのか、知らない。

顔を上げるまで、エレベーターの奥にいる女が誰だか分からなかった。だが、顔を上げた途端、女のほうは僕が誰かすぐに分かったようだ。僕はと言えば少し薄暗いのと、また、女の化粧の仕方も手伝って少しの時間差でようやく分かった。居酒屋でアルバイトしていた、三女高を出た子だった。たしか弟がいて、詳しくは覚えていないが彼氏がどうのこうのと言っていた。それで僕も少しは気になっていた子だ。

ボーイが言った。

「あっ、すいません。チェンジお願いします」

なんだ、それ？　ひょっとしてこのボーイが彼氏かな、と思った。

僕と同様、妹も定職に就いていなかった。弁当屋を皮切りに、和菓子屋、洗濯屋と職を転々とし、ようやく辿り着いたのは千葉ゲンダイという会社であった。そこで何をしていたのかはよく分からない。初めは不合格だったが、後で合格となり採用されたらしい。そう言えば僕もそんなことが二回ほどあった。でも、僕は一度不合格となったところには決して行かなかった。

妹が入った会社は、社長が千葉出身だから、その名前になったようだ。従業員は妹のほか一人、福祉大を出た女性がいたようだ。

妹は仙台で仕事が見つからず、一度船岡に行った。その後、関東圏に出て友人と三人でアパートを借り、共同生活をしていた。イベントでタコ焼きや今川焼きを焼いていたらしい。

この頃一度妹に会ったのを覚えている。共産党系の病院に入院中で病名は子宮筋腫と言っていた。目を合わせて話をしたのだが、何を話したかは忘れてしまった。

僕が水商売に入る前、西公園近くの東急ホテルの斜向かいにある喫茶「六ペンス」でやっていたコピーライター塾に参加した時、東北大の職員をしている砂田という男と知り合った。一時この砂田と妹をくっつけようとしたこともあった。

その後、妹はレンタルブティックをやったらしいが、うまくいかず、実家に戻ってきた。母から聞いたのだが、家で自傷して部屋は血の海になったらしい。妹には足原という親友がいて、一度電話で話をしたことがあるが、妹は悩んでいるという話だった。それを聞いた僕は「やっぱり」と思った。なんの因果か分からないが、そんなことばかり繰り返していたのだ、僕も妹も。


ああローリングはやまず……


人生のローリングはまだ続く。僕は夜の仕事、すなわち水商売に入ることになった。そこはエスカイヤ・クラブといって、バニーガールとボトルキープで知られた店だ。

僕はこの店の入社試験で八十点をとり、五年間もいたが、最後まで店長にはなれなかった。

ある時、身長一六七センチでヒップの大きい女の子がアルバイトで入ってきた。僕の夕イプだった。彼女は市内の自動車整備関係の学校に通っていた。僕は一度ぶつかったふりをしてお尻を触ったが、フカフカして柔らかだった。

この店の入っているビルは五階が映画館、六階がエスカイヤの他、ロイヤル、居酒屋になっていた。

ロイヤルもエスカイヤも女の子の身長は一六〇センチ以上と決まっていたが、ロイヤルには一人小柄な人がいた。たしかに彼女には色気があった。

そのうちロイヤルとエスカイヤの位置が入れ替わった。エスカイヤのレジをやっていた女性が、教員試験を受けるので一か月休ませてくれと言っていたのを聞いた。結局店長は、その申し出を断ったらしい。

僕は、ロイヤルの方でアルバイトをしていた福恵を誘った。彼女は外国語の専門学校に通っていた。

あらかじめ僕はワシントンホテルを予約していた。このホテルは街の中心にあった。中心とは一番町の国分町だが、ここは青葉通りから青葉城址に向かう平坦な道の交番の手前辺り。外車ディーラーのヤナセ前にあった。そこで食事し、予約していた部屋に入ったが、何もできずに一人で寝ることになった。

翌日店に行くと、調理場の裏の通路で何か話題になっていた。同僚に福恵が言っている。

「あのさ、あたし昨日、ワシントンホテルまで呼び出されてさ、主任がやろうとしたんだよ」

別の女が聞く。

「何を？」

「決まってんじゃない」

「ウソー、気持ち悪い！　主任とじゃあ、そんな気なんて起こるワケないよ」

福恵は続けて、

「そうだよね」

そのワシントンホテルの近くに東急ホテルがあった。現在の明成高校の近くである。

僕はその後、そのホテルに入っている有名な和食店に就職した。

そこでは今でも忘れられないことが二つあった。

一つ目は本部から偉い人が来て、僕のために歓迎会をしてくれたのだ。その後は二次会に移り、向かいの落ち着いた造りのバーに行った。ここは仙台で唯一の女性ソムリエがいる店だった。ところが、僕は途中で席を立ち、こともあろうに帰ってしまったのだ。しかも、徒歩で二時間もかけて。

二つ目は、そのことが関係している。僕が休んだ日、僕の排除令が出されていたのだ。次の日、職場に行くと、あれよあれよというまに僕の嘘がばれたこともあって、クビになってしまったのだ。嘘とは父が亡くなったというものだった。それは支配人が家に電話をしたことで、あっけなく発覚したのだ。

当時はダイエーが盛んであったが、僕はこのダイエーに入っている焼肉屋で働いた。その後まもなくラーメン屋でも働いた。そこはフードコートで椅子とテーブルがあり、奥にラーメン屋、うどん屋、ピザ屋が並んでいた。

ある時、僕は店長から東京行きを命ぜられた。東京では初めダイエーの西葛西店に行った。西葛西は上から読んでも下から読んでも同じだから洒落だと思った。ここにはそれぞれタイプの違う女の子が四人いた。一人はスケバン風で大柄な子。もう一人は一見カワイっぽかった。あと一人はお嬢様風。そしてもう一人はヨイっちゃんそっくりだった。

新しい職場に最近社内結婚したという次長がいた。どこの大学を出たのか知らないが現場を経験せず、すぐ上に行った。その人は競馬が好きで、馬券を買うために軍資金が必要だということで僕は一万円をむしり取られた。その話が大げさに広がり、僕はまたそこを追われてしまった。

そして次に行ったのが神奈川にあるピーターパンという店である。そこは、焼きそばともお好み焼きともとれるような料理をメインとして、オープンキッチンで作って売る店であった。

次のダイクマ与野店は結構長く勤めた。駅近くにアトム回転寿司があったことを今でも思い出す。

僕が東京近辺のあちこちで働いている頃、実家ではこんな問題が起きていた。家の周りのフェンスを地元の業者に頼んだのだが、初めに料金を決めていたにも関わらず、バイトを連れてきた業者がこう言ったらしい。

「バイトの金は出せないので、その分を出してもらえますか」

すでに金額は決まっているのにおかしいと父は思ったが、しぶしぶ何千円かを出したそうだ。ああ、親子して僕らはなんとお人よしなんだと、つくづく思わずにはいられなかった。

僕は水商売に入る前に鷹尾の世話になった。鷹尾は高校の時の友人だ。彼は、黒江さんという電気会社社長と三人で何かをやっていた。建築関係が主だが、儲かることならなんでもやっているらしかった。

鷹尾は、ちょうど結婚するらしかった。そう言えば、いつもウッドペッカーのぬいぐるみを持っている彼女がいて、相手はその子らしかった。〝らしい〟というのは、僕は結婚式に呼ばれなかったからだ。仙台駅の東口から程なく行くと郵便貯金会館があり、そこで披露宴をやっていた。僕が盗み見ると、友人たちから祝福されている鷹尾の姿があった。まるで阿波踊りのように賑やかであった。

鷹尾の立ち上げた会社は、以前一緒に働いていた若おばちゃんの二階建ての倉庫を事務所にしていた。もちろん事務は若おばちゃんがやっている。

一度、日報に記された僕と鷹尾の車の移動距離に何度も二重線が引かれていた。

そこにいた鷹尾とおばちゃんに向かって僕は言った。

「なんだ、これ？　引き算が違ってるんだべ」

すると彼に言われた。

「なあ、お前、刑務所に行ったことないよな？」

何故そんなことを言われるのだろうかと思ったが、僕は黙っていた。

鷹尾は続けた。

「経営者は従業員の身元を調べないといけない」

僕はただただ黙っていた。僕が癇癪持ちだったからとはいえ、これはなんとも屈辱的だった。まもなくそこを去ったのは言うまでもない。

この電気屋を辞めた僕は、仕方なく自動車メーカーの期間工として働くことにした。期間工とは半年ごとの契約で働くことである。僕は四つの自動車メーカーで働いた。

サッカーのジュビロで有名な静岡県磐田市にスズキの工場があった。二階建ての社員寮の前には、日本で一番まずいと噂されたラーメン屋があって、近くにはパチンコ屋が一軒あった。

この工場で働いていた時、僕は奥田セミナーの「ライター講座」に通っていた。そこに大田という講師がいて、本当かどうか分からないが、昔、ある週刊紙の編集長をしていたと言っていた。僕はその彼に、ライターにしてやると騙された。

渋谷にある彼の事務所を何度か訪れ、近くの喫茶店でコーヒーをご馳走になった。もはやどうでもいいことであるが、今でもその講座があるのか、その後どうなったのかは分からない。

この頃の僕は、磐田（静岡スズキ）、日野（東京）、狭山（埼玉ホンダ）、岡崎（愛知トヨタ）などの子会社で働いた。そんなことを意味もなく繰り返していた。

僕はこれまでのような出張暮らしに終止符を打ちたいと切に思っていた。そこで仙台に戻り、新たな仕事を探すことになる。そして就いた仕事がチェーンのやきとり店で、小資本でもできるという車屋台であった。

二年間懸命に働いたが、初めの一年間しかよく覚えていない。初めの半年が仙台大学近くのスーパーで、もう半年は住吉台のスーパーである。住吉台は近くに高校や短大があり、屋台を覗く客が多かった。

その頃の僕は、たまに東京にも行っていた。ラジオ短波のライター講座で一緒だった連中と何人かで組んで〝作家になろう〟というサークルを立ち上げた。主なメンバーは姉御肌の猪狩さん、ちょっとイカレている女性の牛頭さん、イギリスに嫁に行った〝魔法使いサリー〟の友達のよし子ちゃん、熊本出身のエキゾチックな女性の濱ちゃん、英語の翻訳家なのに英語がしゃべれない独身の麻部さんだ。この一員に僕も加わっていた。

たしか週一回、下北沢で集まっていた。下北沢は小洒落た街で、商店街などはこぢんまりとしつつも適度に賑やかで、好きな場所の一つだった。

この会に岩井という男がいた。僕より少し年長で、複雑な家庭で母親の手ひとつで育てられたと言っていた。日本刀がどうのこうとの聞いたことがあったので、僕は深入りしないようにしていた。それともう一人、存在感の薄い飛行機マニアの男もいた。

このサークルは、やがて一人減り、二人減りで徐々に先細りになって、残ったのは僕、麻部さん、岩井さんだけだった。

ここで僕は大変な問題を起こしてしまった。岩井さんを裏切ったのである。岩井さんから来た年賀状を利用して、ヤミ金からお金を借りてしまった。

最初に岩井さんの奥さんから僕のところに電話が入った。怒りが団子状態になっていた。

「あんた、それでも宮城県人なの！」

そして次に来たのがヤクザからの電話だった。ドスの利いた声が響いた。

「あんた、あの夫婦を売ったことになるんだよ、分かってんのかー」

それから麻部さんが、僕と岩井さんの間に入って関係を修復しようと頑張ってくれたが〝覆水盆に返らず〟だった。こぼれたミルクは掬えなかったのだ。

程なくして、僕は全額を返金した。岩井さんとも、仲介に入ってくれた麻部さんともそれっきりになってしまった。

悪いことは重なるものだ

やきとりの屋台も辞め、借金の方もほとぼりが冷めた頃、とりあえず僕は仙台で警備員になることにした。

警備というと施設警備またはボディーガードくらいしか思い当たらないが、実はそのほかに道路や建築現場、列車見張りがある。列車見張りは特に危険で、上野辺りではよく死亡事故があったと聞く。時変といって急に列車の運行時刻が変わることがある。こういう時、業者のトップが何かの事情で打ち合わせをしていないと起きる事故だ。

僕が初めて警備についたのは、北部道路建設で別府に行った時だ。橋を造る工事で、そこに臨時の踏切を造っていた。来る途中にノッチタンク（鉄を茶色く塗った長方体のタンク）と天水桶（江戸時代に出てくる水を張った桶。現在は黄色いプラスチックで蟹型）があった。打設の際、僕が誤ってコンクリートを入れた時、すぐに多量の砂糖を積んだダンプが現れ、それこそダンプアップしていった。

その後は、列車見張りで田園風景が広がる田舎に行った。たまに道路にも出た。現場の人によく怒られたが、彼らは、むさ苦しいヤクザっぽい連中であった。

「おい、何やってんだよ！」

その声に、僕はよく震え慄いたものだ。それでなくても、何をやっても自信のない僕なのに、である。

そんな気持ちは仕事に対する僕のモチベーションをますます低下させていった。

辞めよう辞めようと思いながら、まだ警備の仕事を続けていた。

今度の現場は歩いても通える場所だ。ただ、道が入り組んでいたので、現場を探すのに時間がかかった。

初めから僕は、ここの所長が嫌だった。それなりに上背があるのだが、横幅は半端ではなかった。相撲で言えば横綱は大袈裟だが、大関ぐらいはありそうで威圧感もあった。僕はこの所長から、私道でトレーラーを回転させては怒られ、クレーンが点字ブロックを傷つけたと言っては怒られ、車を返さないと言っては怒鳴られた。

止《とど》めを刺されたのが、南西の門の近くにあるマンション住民の代替の駐車場の現場だった。そこは造成されておらず、原っぱ同然だった。そこに電柱だけあったのだが、その脇をいつも通る三十前後の大柄な女性がいた。

僕が竹箒で側の道路を掃いていた時、その女性から睨まれたのだ。

そんな気持ちなど毛頭なかったのだが、僕が彼女の車に向かって掃いていたというのである。しかもそれは悪意を持って故意にやっているということらしかった。それはもともと市発注の仕事だったので、女性のクレームで出入り禁止になるのに時間はかからなかった。

所長から電話が入った。その日の六時半過ぎだった。

「何をやらかした？　相手が興奮している。お前は出禁だ。事務所に私物を置いているだろう。早く持っていってくれ」

僕はこう答えるしかなかった。

「……はい」

悪いことは重なるもので、そんな頃父が血を吐いた。大好きだったゆで卵も漆のお椀で半分も食べられなくなった。その夜、父は救急車で五橋の救急病院に搬送された。そこの待合室で、母は何も知らずスーパーのマネージャーをしている知人と話をしていたのだから、さぞ驚いたことだろう。

結局父は、タバコの吸い過ぎで肺が真っ黒だったらしい。その後、肺で有名な厚生病院に送られたのだ。ちなみにこの病院は、もう一つ有名なことがあった。病院食が仙台で一番まずいらしいのだ。

ここへは父の見舞いで何度か行ったのだが、行くたびに部屋が替わっていた。ナース室の真ん前の時には叔父と仲人のコナミちゃんも来た。廊下を挟んだ向かいの時は、父は僕と母に放射線治療で魚の骨状態になった胸を見せていた。それから僕はもう一度見舞いに行こうと思っていたのだが、今日がその日になるとは思わなかった。

当時、僕はやきとりの屋台の二年目だった。チェーン店の事務所に夫婦がいた。近内と書いて〝コンナイ〟と読むらしかったが、誰もそう言わなかった。〝コウナイ〟としか言

わなかったのである。僕が〝コウナイ〟さんと言うと、奥さんの方は、

「私、コンナイなんですけど」

と、いじわるを言っていた。

その彼女がその日、僕に郵便物を頼んだ。その時、僕は仙台大近くのスーパーの前にいた。父が危篤というのに僕は頼まれた郵便を出してから行ったので、父の死に目に会えなかったのだ。僕が駆けつけた時は、外された点滴の器具がポツンと廊下に置かれていた。

廊下の反対側の部屋に見舞いに行った時のことが思い出される。その時、父はもうしゃべれなくなり、しきりにベッドの脇の下の鉄の部分を何度も何度も叩くのだった。あの時、父は何を言いたかったのか、今となっては分からない。

葬式の参列者の席には、仲人のコナミちゃんと、やきとりチェーンの代表の夫、近内だけだった。享年七十三歳、平凡過ぎる人生だった。

死んだ時は一つ年が上がると聞いていた。いわゆる数え年である。

父の死後、僕は仕事が手につかなかった。だが、このままでいるわけにもいかない。

短期間だったが、最寄りの駅近くで行っていた遺跡発掘調査の仕事をした。大阪の業者だった。これは官衙（役所）遺跡発掘の続きらしかった。いわゆる長町駅東遺跡である。

七世紀の中頃、大和朝廷が東北地方侵出のために建設した城柵で、その斜めが西台畑遺跡、

その造営や運営に関わったとみられる人々の集落跡である。

僕たちは長町駅東遺跡の仕事をした。そこにもやはり、いろいろな人が来ていた。なかには中国人もいた。おじさん、おばさん、背の高くて顔の長い遺跡マニアの人もいた。彼らに交じって友人の田原もいた。田原はある宗教団体の信者だった。彼は以前、僕に信者になることを勧めてきたが、僕自身に入る気はなかった。だが、その後も田原は執拗に追いかけてきた。

ちなみに実家はここから近い。ここの住民はなぜか、市の教育委員会でも遺跡に関して把握していないらしかった。理由も分からないまま多賀城の遺跡に移った。

再び、東京生活

心も体も閉塞状態にあった時、長町の図書館で見つけたスポーツ新聞に東京の警備会社の広告が出ていた。さっそく僕は電話した。

今から思うとおかしいのだが、大体僕は雰囲気で物事を推し進める性質であり、それもありかと思っていた。

警備員募集に応募したものの多少心配があった。どうせ不採用じゃないのかという不安が頭を過った。

ところがその会社から〝採用〟との電話をもらった。本当だろうかと、すぐには信じられなかった。採用通知は実家に送られることもあったが、直接電話があった。電話の声は地方出身を思わせる訛りがあった。僕はおずおずと聞き直した。

「あの、本当に合格ですか？　実は事情があって、実家に帰れなくなったもので」

「合格ですよ」

僕はその時、この会社に五年もいることになるとは思ってもみなかった。

ここと同時に芸能学院にも応募していた。警備会社が不合格だったら、すぐに帰ればいいぐらいに思っていたので、すでに帰りの切符も買っていた。ところが予想に反して東京に残ることになったので、帰りの切符は無駄になってしまった。

この会社に就職して初めての現場は埼京線の板橋だった。側に交番があり、マックバガーもあった。ここでハリキリ過ぎた僕は、疲労が重なったのか、救急車で帝京病院に入院した。その時、ちょっと知り合った女優のまち子さんが見舞いに来てくれ、内心嬉しかった。実家には今でも彼女にもらったコップがある。

東京で仕事に就いた僕は、とりあえず東京駅のカプセルホテルで寝起きした。その後は会社の事務所の二階で寝起きすることになった。そこには僕と同い年で福島出身の社長と、その妹さんがいた。妹さんは事務員として働いていて、歌手の高橋真梨子そっくりだった。

ここには昔からいるという一風変わった社員がいた。昔の警備服を着て髭を蓄え、長髪を結んだ男、早稲田を出たというイタリアの悪役俳優みたいな人もいた。

数日後、僕はそこを出て、事務所のカートを借りて荷物を運び、すぐ近くにある古ぼけた二階建てのアパートに移った。

この会社では、新人が入るといつも僕の部屋に連れてきた。僕は僕で夜は芸能学院に通っていたが、こことは別に芸能プロダクションを転々としていた。

初めはモデルクラブのジャムパン・ジャパンに入った。そこでは一度仕事が来て、大久保で面接した。ブレスレットの通販で、家族のイメージを撮る仕事だった。初め新宿御苑で撮影して、その後、車で移動して新宿にある一軒家で撮影した。女性たちは売れない女優だろうか、男たちはそれまで工事現場で働いていたと言っていた。

ここの警備会社の受注は九割方大林組であった。ここでは銀座に行ったり東京駅に行ったりした。銀座では有名ブランドショップの人のいなくなった時を見計らって、店の前の正門工事を行った。

そして東京駅では大規模な改築工事が始まった。サザンテラスと言っていたが、大きな屋根を付けるのだろうか。特に南側を中心に行われていた。現場の休憩室は二階にあった。ここには三つの警備会社が入っていたと思う。

いろいろあってというか（実は何もなかったのだが）、なんとなく僕は別の警備会社新北斗に移った。だが、前のコアー警備のことが忘れられなかった。

そんな時、池袋のホームの階段で、高橋真梨子似の星野さんを見かけた。隣には部長だという、眼鏡をかけてほっそりした背の高い男がいたように記憶している。

僕はおずおずと声をかけた。

「あの、もう一度、戻りたいですけど」

「え、そうなの」

星野さんの実家は高田馬場で、今は成増に住んでいると言った。そう言えば、東武東上線の板橋で降りたところを見たことがあった。ただ駅名が板橋かどうだったかハッキリしない。彼女の話は続いた。

「部長に聞いてみないと」

それからしばらく沈黙が続いた。

「……」

その頃、僕はアパートを引っ越した。牛蒡で有名な滝野川から、知る人ぞ知る東京大仏の下赤塚に移った。そこは今にも崩れそうな古アパートだった。建物自体はかなり劣化していて、クリーム色の外壁は薄汚れ、昔の歌ではないが、チャペルではなく壁にツタがからみついていた。

　僕はここで、つかこうへい劇団に入った。

　劇作家、演出家コースの十期生で入ったのだ。僕が、つかこうへい本人を見たのは入学式の時だけだった。昔は講義にも出ていたらしいが、今では弟子がやっていた。毎年、研究生の誰かに出し物をやらせており、その年は東京出身の研究生の企画が採用され、公演当日の客席には小説家の団鬼六が来たと言っていた。


　そんな折、僕の借りたアパートである問題が起きた。僕は大家に室内の荒れを抗議したが、すっとぼけられていた。この部屋には窓がなく、天井には裸電球が一つ吊り下がっているだけである。室内は、何やら喧嘩の後のように荒れていた。仕方がないので、不動産屋に電話をした。

「どうしました?」男の声である。

　僕は強く言った。

「どうしましたじゃないよ。窓はないし、修繕してくれよ。大家に修繕の義務はあるのじゃないか」

それで、その年の一月に近所の便利屋に窓のところにベニヤ板を張ってもらうことにした。張っているところに大家が来て、何やらブツブツ言っている。この時も九州かどこかの訛りであろうか、それこそ、鉛のように重く聞こえた。細かくは分からなかったが、雰囲気で大体理解できた。

「何してるの」

僕は応えた。

「窓にベニヤ板を入れているところだよ。別にいいでしょう？　自分の金でやるんだから」

地獄から来た鬼のようなこの老女は、苦虫を噛み潰したような表情で言った。

「光熱費はもらってないからね」

僕は口を尖らせて言った。

「なに言ってんの。いつも二万二千円払ってるじゃないの。部屋代が二万円で光熱費が二千円だろ」

昔のことでも言っているのだろうか。誰のことを言っているのかよく分からない。

「実費、払ってもらうからね」

と続けて言う。

再度、僕は言った。

「だから、二千円払ってるじゃないの」

何度も言う大家の言葉は、もう分からない。

しばらくして、大家はいきなり戸を開けて再び入ってきた。そして、またわけの分からないことを言う。

「鍵かけないのかね。皆、鍵をかけているのに」

僕も言った。

「いきなり入ってきて、なんなの?」

汚い廊下の土間で応戦した。僕は裸足で、シャツとパンツ一丁だった。そして、言う気はなかったが、抑えきれず、つい言ってしまった。

「何弁だか知らねえけど、なに言ってんだか分かんねえんだよ。さっさと地獄に帰りなよ。体の全部までガンバコに入りな」

ますます僕は絶好調でしゃべりまくった。

十二月のある日、北区で民主党が党員を公募している最終日に、僕はそこを引っ越した。朝方だったが、やはり大家やアパートの住人が出てきて騒がしかったが、どうやら振り切ることができた。

その後、僕は再び北区に戻ってきた。今度は駒込だった。正確に言えば、駒込と田端の中間である。

引っ越しは便利屋に頼んだ。今度の部屋代は風呂なしで四万円だった。仕方なくスポーツクラブに入り、風呂はそこで済ませた。

東日本大震災後　仙台での日々

あくる年の二〇一一年、東日本大震災もあったせいで、僕は実家に帰る決心をした。実家では何度か無言電話があって、母は困っていたようだ。無言電話の正体は、実は妹らしかった。精神的に深手を負って帰ってきた妹は脳腫瘍に罹っていた。良性らしかったが、大学病院で手術をした時は母が一人で付き添っていた。そんな母は、周りから陰口を叩かれたらしい。

「あの人、あんな年で付き添いだって」

手術の結果は失敗だったが、契約書にサインした以上、文句は言えない。それに医療的に失敗との証明もできない。第一、医学用語自体が分からないので、泣き寝入りするしかなかったようだ。

東日本大震災で宮城県は大きな被害を受けた。僕は実家に帰るためアパートを引き払う準備をしていた。その時、住んでいたアパートには一階に青森の人がいた。引き払う時、何社か電話して引っ越しの会社を決めた。引っ越しに現れたのは、一番安い会社だけあって、二人とも刺青の男だった。その片方の男が言った。

「着くのは、一週間のうち何曜日になるか分からないけど、いいですよね。その方がさらに安くなりますから」

男の気迫に押されて、僕の意識は希薄になっていった。

「は、はい」

僕は久しぶりに実家に帰った。

震災時のことを母に聞くと、送った電気釜はあったが、町内会の岩手県出身の美人の鈴木さんに助けられて、おにぎりをもらったり、風呂をもらったりして生き延びていた。僕はひとまず安心した。

妹が実家にいて、父の友人の大工が作ったベッドで介護されていた。

高齢の母は、近くの南仙台の介護職員から点滴の使い方を聞いていた。母が点滴をうまくやれるかどうか心配だった。その職員は一日に何度も来るらしく、母は食傷気味だったようだ。いつぞやは、こんなことを言われたそうだ。言ったのは東京出身のお姉さん風の職員であった。

妹の名は恭子《やすこ》だが、

「この字ヤスコって読まないんだよ」と職員。

その時ばかりは、職員が帰るなり怒り心頭だった。

「名前だもの。何とだってつけられる」

その通りである。僕も言った。

「結局、バカにされたんだ」

「……そうだな」

高齢の母一人では、妹の介護は大変だった。その後、妹は茂庭台の施設に入った。この施設は同じ区内の西多賀にもあった。

妹が入れたのは偶然にも空き部屋が出たからだった。ちょうど自宅介護二か月目の時に連絡があったようで、神のご加護だった。あのままだったらと思うだけでもおぞましかった。

妹が入っている施設に行くと、誰も見舞いに来なかったらしく興奮していた。

先に書いたが、妹がこのようになったのは大学病院での手術の失敗によるものだと思う。

しかし、それを証明するには天文学的な時間とお金がかかるので、訴えるのはやめることにした。

九割補助金で買ったトーキングエイド（キーボードを打つと、そのまま音声が出て言葉として聞こえる）が使えなくなった。今はもっぱら文字盤である。

妹は右側が麻痺しているので、左手だけで使っていた。自分にごっぱらげて（怒って）いるのであろうが、左腕がものすごく強くなっていた。

ベッド前のテーブルに表紙が剝がれた文字盤があった。今使っているのもボロボロになっている。

大学病院での手術は気管にものが入るのを防ぐためだったが、妹は麻痺がひどくてなかなか意思を伝えることができないようだった。しまいに、僕はイライラしてきた。

「なによ、何なの」

妹は文字盤を叩くばかりだった。

この施設の介護職の人には班があるらしかった。妹の班ではないが、他の班のリーダーで百葉さんという人がいた。大柄で頼りがいのありそうな女性だった。今まで分からなかったが、いつぞや大学病院の待合室で、まじまじと見てしまった人だった。咽に大きなほくろがあったので、あれは百葉さんだったのかと、分かった。

地元に錨を下ろす

再び僕はこっちで生活し始めたが、仙台にはどこも入れるような職場がなかった。そこで発想を転換して、死んだ父の出身県である秋田に本社がある警備会社にした。何か秋田の雰囲気を味わいたかったからだ。だが、たしかに雰囲気は味わったが、それ以上でも以下でもなかった。

その警備会社の仙台支社は、妹のアパートと同番地にあった。一度ここへは車に乗せられて来たことがあった。国道48号線沿いのラブホテルの真裏であった。

母の実家の岩手にある食品会社にも行ったことがあった。そこは水沢に本社があり、胆沢に工場とその家があった。餅屋で高橋という苗字だった。母の旧姓と同じである。

ここには南米から来た出稼ぎ者が相当いた。僕は試しに知っているポルトガル語を話してみた。

〝オブリガード……ボアタールジ……〟というと外国人たちは目を丸くした。

「同じブラジル人？」

この会社の給料は驚くほど安かったので、僕は定禅寺通りのビルに入っているライジングサンという警備会社に移った。すぐ近くには冷やし中華の元祖店があり、コンビニはサンクスがある。サンクスは仙台の八幡町が始まりだそうだ。ちなみに八幡町には、僕の生まれた年に亡くなったハリウッド俳優がいた。最後の作品がこの年の四月二十六日に公開された。

そういうわけで仕事は田舎が多かった。石巻、矢本、松島である。でも、僕は仙台の福田町の夜勤がメインだった。大林組の関連会社・大井道路である。下請けはちゃんとした所ではなく、事務員の知り合いの神奈川の聞いたこともない会社が受けた。45号線の道路下深く二十メートルぐらい掘って、そこにヒューム管を入れて、その中に管を繋いでいく仕事である。カーブが見えないから、長さ三百メートルはあるだろうか。途中から担当が現場の上司になった。終わり頃になって一度、朝の九時近くになった。次の現場である塩釜スーパー・イオン、ＢＩＧの駐車場の仕事に間に合わなかったことがあった。

それはなんとか切り抜けたが、最後の方になって僕はやらかしてしまった。それまでもずっと現場の車を運転していた。本当はやってはダメだったが、この現場が終わった帰り、仙台港近くにある次の現場に行く途中、同じ45号線で三陸道の下でガソリンスタンドを右に曲がる際にスピードをアップしたため、そこに止まっていた車を避けようとして、ガソリンスタンドの壁にぶつけてしまったのだ。どうやらアクセルとブレーキを間違えてしまったらしい。高齢者がアクセルとブレーキを間違えて事故を起こすニュースがよく報道されているが、他人事ではないと思った。まさか自分がやるとは思わなかった。舗装は二度目にきれいになった。

そんな時、寝ずに前田道路の松島現場に行くことになっていた。もうすぐ45号線の所でヤクザっぽい波藤が運転する車に乗せてもらった。その波藤も前夜から寝ていなかった。朝のラッシュにぶつかった。ちょっと波藤がアクセルを緩め、心も緩めた時、前の車に二度ぶつかった。一度ぶつかってから、またぶつかったのだ。僕は左足を負傷し、そこを辞めることになってしまった。

そんなわけだから失業保険も一か月後から出た。それから十二月二十八日までの半年間、多賀城にあるポリテクセンターに入った。ここで建築の模型から始まり、木材のほぞ接ぎ、キャド、モデルハウス造りをやった。そしてここにいたという証拠のために、建築キャド二級の試験を受けた。行けば誰でも受かるというので行ってみた。なんのことはない。全部先生がやってくれて資格を取った。

考えてみると、僕はいつもそうだった。いつも誰かが手伝ってくれるのだ。

周辺事情

この頃、母はめっきり年老いた。ここに家を建ててもう四十年である。母は九十歳を手前にして、まだらボケのせいか、いつもズボンを下げて家の中を歩き回っているにも拘らず、去年、ここの北目町内会の班長の役目が回ってきた。ちなみに五橋にも北目があったが、むしろこちらが元祖である。

僕たちは、かつてこの町の近くの五橋に住んでいて、僕は五橋中学に通っていた。母は岩が緩くなった――まさにいわゆる半ボケ状態だったから、僕が班長をやることにした。

ここの町内会は南だけがなかった。住民は千人ほどいるらしかった。ここは南六班だ。端には同じ佐藤さんがいた。この佐藤さんのお母さんとは以前同じタクシーに乗ったことがあったが、父と同時期頃に亡くなったという。佐藤さんのご主人は見たことがない。その隣の家も佐藤さんの家だった。母屋よりも少し狭かった。

そもそも我が家の裏には〝愛恵荘〟という二階建てのアパートがあった。そこに、隣に住むことになる高城さんも住んでいた。

二階の東端には〝東八旅館〟（東八番丁だから東八）の中居さんが住んでいた。どうやらニワトリを飼っているようで鳴き声が聞こえてくる。二人の娘は自立して近くに住んでいるらしかった。すぐ近くのコンビニでよく見かけるからだ。

愛恵荘を取り壊してから、我が家の隣に高畑さん一家（娘婿一家も同居。途中でおじいちゃんが亡くなって、おばあちゃんだけが残った）が引っ越してきた。時折、婿の怒鳴り声が聞こえてくる。しかし、婿の声はあれから一度も聞こえなくなった。どうしたのか聞こうと思ったが、逆に、やぶへびになってはまずいと思った。

その辺のことは、町内会の事情に詳しい隣町の町内会組合長の中倉さんに聞けば、いろいろと教えてくれるだろう。

僕のいる警備会社に、同じ町内会の深川さんが入社してきた。そして、父とそっくりの仁治さんという人も入社したのである。

思わず僕は仁治さんに聞いた。

「どこの出身ですか」

「秋田だよ」

「えっ、秋田のどこ？」

仁治さんの返事に僕は驚いた。

「大曲」

あまりにもおかしいと思って、僕はさらに質問した。

「住所は？」

聞くと、父の実家と同じだったのである。

一体、仁治さんは父とどんな関係がある人なのか、この偶然の出会いに僕は不思議な気持ちになった。

仁治さんとは夜も昼も一緒に働いた。常に親近感以上のものを感じていた。あたかも父といるように。仁治さんの家族は今、福島の郡山にいるらしかった。

我慢は美徳か？

いささか尾籠な話であるが、お許し願いたい。六月一日の夜、前も行ったことがある朝日新聞社主催の『落語四人会』があった。

僕はバイセクシャルの友人ガバチョと一緒に聞きに行く約束をしていた。ガバチョは前もって休みをとっていた。

この日、僕は八木山動物園の近くで着興社の仕事をすることになっていた。その日、同じ町内会の深川と初めて一緒に現場に行くことになった。もともと僕は着興社の仕事は嫌で嫌で仕方がなかった。

それはさておき、深川の車で行く途中、僕はお腹の具合がよくなかった。途中、コンビニにでも寄ってもらった方がよかったが、言い出せなかった。その日は小雨で、さらに冷えたのか、現場に着くと急激に大きい方をもよおした。我慢しようと思った。だが、我慢できたと思ったが、時すでに遅かったのだ。肛門括約筋が活躍しなくなり、温かいものがポトッと落ちた。しかもその時は、多少緩かった。

その処理をどうするかと迷い、林の中でズボンを下ろし、残りをして近くの葉っぱで拭いた。その時は拭いきったと思っていた。

その日は運悪く少し残業になってしまった。僕はガバチョに電話をした。

「残業だから、開演ギリギリになると思う」

「うん」

深川に長町駅まで車で送ってもらった。ちょうど仙台駅行が来た。仕方がない。究極の選択だ。トイレに行っている時間がないので、小便の方も我慢して、それに乗って仙台駅まで行った。

そこからタクシーで会場近くまで行くと、ガバチョはフランス風の喫茶店で待っていた。すぐにエレベーターで上に上がると誰もいなかった。僕はガバチョに言った。

「階が違うんじゃないか。上の階だよ」

ようやく着いたのは、それこそ始まろうとした時だった。ちなみにガバチョの母親も来ていた。僕は落語どころではなかった。臭いがバレないか、そればかりが心配だった。

家に帰ってズボンを脱いで風呂に入ろうとすると、ズボンの裾に便が二塊もくっついていたのだ。慌ててそれをゴミ箱に捨てて、パンツ、ズボン、尻を洗って、やっとスッキリしたのであった。

それから今年になって、僕は久しぶりに入院することになった。昨年の健康診断で放置していた診断結果が見つかったからだ。見つかったというか、偶然にも出てきただけだったのだが。

結果にはヘモグロビンＡ１Ｃが一〇・一との数値があった。通常範囲は四・五～六・五なのである。そして血糖値も高い。通常は一〇〇前後なのが二〇〇を超えていた。

市立病院に入院しようと思っていたのだが、紹介状がなくては入院できないので、たまたま糖尿病専門の内科病院に診てもらった。たしか病棟は西四階だと思った。この病院は大学病院よりもかなり小さかった。長町に移転してきて、まだ二年しか経っていなかったが、かなりの部分がシステマタイズされていた。ここにもコンビニとコーヒーショップがあった。大学病院にある果物屋、写真店、床屋、食堂はなかったが、食事は絶品だった。

この病院では一日四回血糖値を測った。測定は小さめの奥まった部屋で、急ごしらえの机と椅子をつくって行われる。時には、ここはビデオ室になったりする。

この時、担当であった看護師さんがいた。食事前後の測定と夜九時の測定が彼女だった。手際よい動き、テキパキとした対応はすばらしく、不覚にも僕は恋をしてしまったのだ。彼女を見て、興奮してしまうほど惚れ込んでしまった。

僕は今までに結婚しかけたことが三度ぐらいあったが、実を結ばなかった。〝結婚前提に〟とか〝愛してる〟とか言いたいものだと思った。

そう言えば〝愛してる〟と言いたい人がもう一人いる。今、通っている歯科医院のアシスタントの女性だ。初め、虫歯で行ったが、今は月に一度、歯周病予防で行っている。次回は七月二十一日の午後五時半に予約している。

午前中は忙しいらしく、アシスタントが三人ぐらいいる。午後は二人、一人となる。僕が行くと彼女一人だけである。実に美しい人だ。年齢は三十歳ぐらいだろうか。次の予約日に〝結婚前提に〟とか〝愛してる〟とか言うきっかけをつくることができるだろうか。僕にとって、こういう我慢は、決して〝美徳〟ではない。

妹よ……

妹は時々わけの分からぬ行動をする。彼女は父親に似て秘密主義だったので、誰にも知らせないままに意外な行動をとり、家族を驚かせる。

一度、山形のある町で交通事故に遭いそうになったことがあった。タクシーの前にいきなり飛び出したのだそうだ。おそらくその車を止めようとしたのだろうか。タクシーが急停車したので助かった。妹はそこから、そのタクシーで家に帰ってきた。着くなり母に一万円をもらい、タクシー代を支払った。金も持っていなかったのに、なぜ山形から乗ってきたのだろう。母は何がなんだか意味も分からず、目を白黒させていた。

ある時、妹は珍しく正装して、口紅まで引いていたものだから、僕は思わず聞いてしまった。

「そんなお洒落して、どこに行くの？」

「いや、どこも」

と、とぼけていたが、見合いだったことが後で分かった。相手の男は何もしゃべらなかったらしい。どうやらドライブデートだったようだ。

それでも妹は僕にとって大切な家族である。知らず知らずのうちに、家族間のバランスをとってくれていたからだ。

小学校の頃だったか、当時は蚊除けのために蚊帳が使われていた。吊り手で四隅を留めて、中に入って寝たものである。もちろんそこには父も妹もいた。蚊帳の中は家族皆でいる安心感で満たされていた。妹はいつになくはしゃいでいた。そんな妹を見て、なんだか僕も嬉しかった。

いつかの七夕の時、僕は中学生であったと思う。かき氷が置いてある食堂に家族皆で入った際、僕は両親に何か文句を言った。その時、妹は間に入ってうまく仲裁してくれた。妹がいなければ、大喧嘩になっていたと思う。

もう一つ忘れられないことがある。僕が自殺未遂を起こした時だ。

僕は致死量の睡眠薬を飲んだが、幸か不幸か助かった。その後の両親との気まずさは言うまでもなく、深い溝ができてしまった。

その溝を妹は埋めてくれた。僕はその時、妹がいてくれて本当によかったと感じた。

妹の初恋の相手が近所に住んでいたフトシちゃんであったことに間違いないと思う。妹が〝フトシちゃん〟と一緒になっていたらどんなにか幸せであったろうに、とつくづく思う。

後年、妹は脳腫瘍の後遺症で障害を持つ身になり、長年施設に入っていた。

そんな妹との別れの日が来る少し前のことだった。施設の職員が、

「恭子さんがエアコンを一人でいじって困るんです。一時は暖房にしたり、一時に急に身

体を冷やしたりして困っているんです。操作はこちらに任せてください。もし、万が一でもその方がよかったら、それでもいいんですけど」

僕は妹に言った。今でも本心かどうかは分からない。

「エアコンの操作は、施設の人に頼んで、自分でしたらダメだから」

妹は不思議そうな顔で僕を見ていた。

それが僕の最後に見た妹の顔だった。


そして、その日は突然やってきた。

平成十七年八月七日、日付が変わろうとしていた午前〇時、施設から電話があった。こんな時間の電話は良いはずがない、と僕は思った。

案の定、電話の内容は妹が心肺停止になったという知らせであった。ただオロオロと泣くだけであった僕を、

「お兄さん、まだ決まったわけではないですから」

と施設の人は慰めてくれた。僕は動揺を隠しきれないまま搬送先の病院に向かった。

妹が救急車で運ばれた先は、半年前に手術した大学病院だった。そこには妹を最初にケアしてくれたヘルパーの南川さんもいた。

南川さんは午後九時に回った時はなんでもなかったと言っていた。だが、午前〇時に回った時、心肺停止になっていたのだそうだ。本当は、南川さんは午後十一時にも外から覗いたらしい。寝ているようだったので、中に入らなかったと言う。南川さんは、そのことを深く悔やんでいるらしかった。

「どうせ遅かれ早かれこうなる運命だったから、しようがないよ」と僕は言った。

病室の壁に目を向けると、ポスターが貼ってあった。ヘリコプターがあって、そばに背の高い医師と看護師が写っていた。そこに写っている医師と看護師が僕の目の前にいる。医師は他にもう一人いた。オシロスコープみたいなものを見て、彼は何か言った。

僕はよく聞いていなかったので分からなかったが、画面には平行に二つの直線があり、そこには〇《ゼロ》と表示されていた。

「ご臨終です。午前一時三十六分」

言うまでもなく、僕はその場に泣き崩れた。どこから出てくるのかと思うほど、涙が止めどもなく流れ続けた。

妹が亡くなる一週間前の夜のことだった。二十年前ダイアナ妃と同じ頃に亡くなった父が、玄関の土間に立っていたのだ。すぐ近くに母の寝所があり、気配に気づいた母が父に声をかけた。

「そこに立ってないで、中に入ったら」

「……」

年のせいもあり、母は起き上がるのにもたもたしていた。玄関の方を見たが、父はもういなかった。

その時は何しに来たかと思ったが、もうすぐ死ぬ妹のことを伝えに来たのだと、後で思った。


もともと妹は、お父さん子だった。僕は泣きながら母に尋ねた。

「妹が生まれてきて良かった?」

「そりゃ嬉しかったよ。だって、私が名前までつけたんだから。親戚に同じ名前の人がいて、いいなと思って……」

独り言のように、母は言った。

「妹は妹なりの人生を生きたんだね」

「そう思わなきゃ、やりきれないよ」

母は間髪入れずに言った。

妹が亡くなったことを、ほとんどの人が知らない。妹がいたことも忘れ去られたかのように、普通の人々によって普段の日常が繰り返されていく。

僕は大声で叫んだ。

「恭子――――！」

家から近く、東北本線の太子堂、地下鉄南北線の富沢駅の近くに家族葬のファミーユがある。くしくもかつて妹が経営したレンタルブティックも同じ名前だった。

ここで引き受ける葬儀は一日一組だけである。入って左手前に事務室がある。狭い廊下を挟んだ向かい側にも小さな部屋があり、その先にちょっとした応接室があった。中央には、手前が広くて奥へ行くほど狭くなる廊下風の部屋があった。

その奥は旅館風になっており、手前にはマンションによくあるような台所があった。台所にはコーヒーマシンと、インスタントコーヒーの袋が置かれてあった。

白いテーブルクロスの敷かれた長方形のテーブルには、向かい合わせに五脚ずつ、計十脚の椅子が置かれ、その奥に葬儀場があった。

通夜の時、納棺師が来た。ガーゼで包んだ脱脂綿を茶碗の水に浸し、割り箸で挟んで妹の唇を軽く湿らせる。湯灌《ゆかん》して爪を切り、薄く化粧をして髪も整える。そして旅支度の死に装束を着せる。頭には三角巾、手足には手甲と脚絆、首から提げた頭陀袋にはあの世で迷わないように六文銭を入れ、最後に経帷子を着せる。

祭壇には笑顔の妹の遺影が飾られ、祭壇の両脇には大学病院と社会福祉法人から贈られた花輪が一つずつ置かれた。柩の窓から見える妹の顔は穏やかな表情だった。

葬儀はしめやかに執り行われた。僧侶が呪文のような経を唱え、それが終わると喪主の僕が挨拶をした。葬儀には大学病院に入院中の時にお世話になった社会福祉士の岩崎、妹の親友足原、ライター講座以来の友人砂田が列席していた。

「馬鹿な妹でしたが、僕にとってはかけがえのない存在でした。どんなかたちでもいいから、もっと長生きしてほしかった……」

あふれる涙で列席者の顔が歪んで見えた。


列席者が見守るなか、霊柩車がセレモニーホーンを轟かせて発車した。


妹の葬儀も終わり、僕は遺品整理を始めた。どうしようもなく涙が溢れてきた。一人だったので、どうしようかと思ったが、施設の人が手伝ってくれた。

妹の三番目の担当者の若いYさん。眼鏡をかけた知的な感じのKさん、小柄なSさん、そして、背の高い若いZさんだ。

僕も持参したが、施設の方でも市のゴミ袋を用意してくれていた。皆で粗大ゴミ以外を片っぱしから入れた。ベッド、タンス、化粧ケース、ラック、机には市の粗大ゴミシールを貼った。残ったテレビとくまのプーさんの大きなぬいぐるみ、それにくっついている小さいブタのぬいぐるみを後で取りに来ると言った。部屋を出ても、僕の眼からはまだ涙が流れていた。

生と死と

夏も終わりに近づいた八月二十六日、秋田では恒例の「大曲花火大会」が開催された。妹のことがあって、花火見物どころではなかったが、予約していたので行くことにした。

だが今回の大会は前夜の大雨で河が氾濫、河川敷は浸水。設置された多くの簡易トイレが横倒しで水の上にプカプカ浮き、開催が危ぶまれた。開催するか否かは当日の午前六時に決まるとのこと。ラジオでも同様のことが放送されていた。友人のガバチョからも、中止の場合に限って携帯に連絡するという知らせが届いていた。

翌朝になってみると、連絡は入っていなかったが、かなりの雨が降っていたので、疑心暗鬼になっていた。僕はラジオを点けた。ラジオでは「開催する」とはっきり言っていた。

大曲は父の実家である。僕は実家には行ったことはあるが、花火大会は初めてだ。近くに観光バスが停まる駐車場があった。うまいものでバスは時間差でやってくる。

見物席は、そこから橋を渡ってすぐ左側下の河川敷だったが、運行上右側から入った。目の前に鉄道の陸橋があった。坂を下り、そこの橋の手前に何軒かの夜店があった。右手は草原の座席でCと書いてあった。左手が僕たちの座席である。その手前は足場が組まれステージになっていた。ところどころに火の見櫓っぽい足場があった。ベニヤ板を裏返しにして、坑《こう》を材木で高くして田んぼの畝っぽくなっていた。そして角々には灯篭のように見える所に秋田テレビと書いてあるテレビカメラがあった。そこに番号も書いてあった。ここの一角は四、五台である。それを単管が支えていた。それが整然と果てしなく続いていた。

ここの特徴としては昼花火があり、一つの競技大会になっていることだ。昼花火といっても夜の花火と時間が近い。午後五時半に五号五発で大会開始の号砲が放たれた。それは午後五時三十五分から六時十五分まで続いた。色のついた煙を楽しむのである。

夜の部は午後六時五十分から始まった。それぞれの会社肝煎りの花火である。

もっとも一般的な割物花火は星が尾を引いて丸く開いた。それが長くゆっくり下へ垂れていく花火、言わば柳のようなものもあった。

それとは反対に、尾を引かず、色や光の点が丸く咲くのもあった。途中に協賛の花火が入ったが、星の形をした型物が放たれた。千輪といって時間差で花が咲くのもあり、連射連発で打ち上がった花火もあった。

それらは、僕の見上げる右側の空で打ち上げられた。また、左側でも打ち上げられ、あたかも絵巻物のようだった。

それを見ながら僕は思った。生きるとはなんだろう、死ぬとはなんだろうと。

だが、今はそんなことはどうでもよい。

まるで、こういうことと同じだと思った。試験問題で解き方が分からずとも、結果として答えに辿りつけばよいのだと。

本当に分かるかどうかは別問題だと。

まだ僕は人間のサイクルを履行していたい。

新しい命を繋げていきたい。できれば、僕似の女の子がほしい。名前は「巴窓」にしたい。

サンスクリット語の赤い蓮の花を意味する「パドマ」を漢字にしたのである。亡くなった妹の戒名にも〝蓮〟の一字がある。

一方、僕と添い寝していたのは虚脱感だった。小学校六年生の時、妙子ちゃんがいなくなって僕の心は半分になり、妹の恭子がいなくなって心の空間は残りわずかになった。
これから追い討ちがかかるのだが……。
とにかくひとまずグッバイ。

（終）

あとがき

ようやくといっていいか、とうとうといっていいかわからないが、とにかくできた。半ばできないと思っていた。

今回の小説は南山大学ではないが難産した。なぜならば今までのスタイル、すなわち、初めシナリオにしてから小説に興すというスタイルを捨てたからだ。

慣れないスタイルで取りかかったため、早期破水になって、卵膜が破れて、赤ちゃん（作品）が下りてくる前に羊水が子宮外に流れ出てしまった。妊娠三十七週未満だったので、早急に対処する必要に迫られた。

そんな時、ある編集者のアドバイスを受けて大いに助かった。いわゆる帝王切開だった。ようやく赤ちゃん（作品）は無事外界に出ることができた。五体満足で出てきたので、それだけで嬉しいことである。

この作品を書くために僕の半生はあったのかもしれないし、この作品によってのみ僕の存在理由《レゾンデートル》は証明されるのかもしれない。

僕の自己同一性《アイデンティティ》がここにある。

なお、この小説は、今は亡き妹と父に捧げます。

平成二十九年十月

著者プロフィール

佐藤 くじら（さとう くじら）

宮城県出身。

東北工業大学工業意匠科卒。

家庭教師やモデル、警備員を経て、現在に至る。

そのほか、俳優として幻の映画「阿鼻叫喚」に出演。

小学校の先輩に若尾文子、中学校の後輩に恩田陸、濱風親方（元・五城楼）がいる。因みに「五城楼」は仙台城のこと。

著書に『女優M』（文芸社）、『福島の踊り子』（日本文学館）がある。

メルシー・僕 —ぼくの見た世界—

2019年10月15日　初版第１刷発行

著　者　佐藤 くじら
発行者　瓜谷 綱延
発行所　株式会社文芸社
〒160-0022　東京都新宿区新宿1－10－1
電話　03-5369-3060（代表）
03-5369-2299（販売）

印刷所　株式会社平河工業社

ISBN978-4-286-20845-9